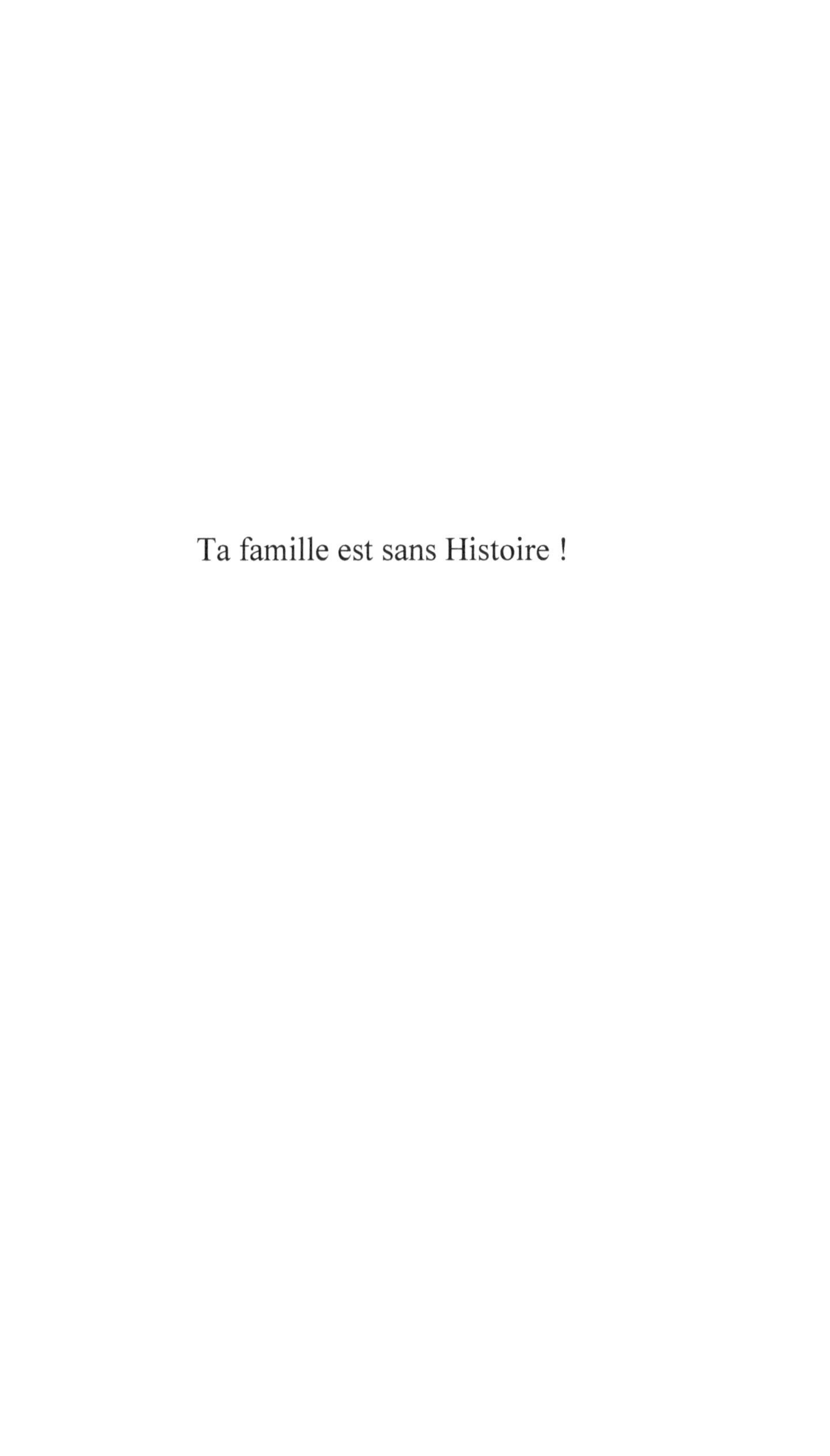

Ta famille est sans Histoire !

Graveurs de mémoire

Cette collection est consacrée à l'édition de témoignages, récits personnels divers contemporains. Depuis 2012, elle est organisée par séries en fonction essentiellement de critères géographiques mais présente aussi des collections thématiques (univers professionnels, itinéraires divers...).

Déjà parus

Ngandu Nkashama (Pius), *Mon grand-père et la conquête de la paix*, 2020.

De Puytorac (Pierre), *Récit d'une vie d'un siècle en France, avant, pendant et après la Seconde Guerre mondiale*, 2020.

Foltzer (Janine), *Nous étions des enfants au bout du monde, et c'était la guerre*, 2020.

Kalumvueziko (Ngimbi), *CONGOLIA, Des histoires congolaises, des souvenirs et des chants qui parlent*, 2020.

Danda (Mahamadou), *L'administrateur civil au service du citoyen et de la défense du bien commun. De la territoriale au gouvernement aux côtés des présidents Seyni Kountché, Ali Saibou et Djibo Salou*, 2020.

Bailay (Jean-Paul), *Ideal Standard, une aventure humaine*, 2020.

Granval (Daniel), *Le cinéma dans la peau*, 2020.

Rinetti (Robert Yvan), *Souvenirs autobiographiques d'un prêtre de Paris. Sa passion, c'est la danse*, 2020.

Dillo (Soumaïla), *À la découverte d'Illéla, (Tarihi)*, 2020.

Carrulla (William), *La ménagère rouge. Une famille dans la tourmente des exils et des exodes : Espagne, Algérie, France 1887 – 1962*, 2020.

Ces dix derniers titres de ce secteur sont classés par ordre chronologique en commençant par le plus récent.
La liste complète des parutions, avec une courte présentation du contenu des ouvrages, peut être consultée sur le site www.editions-harmattan.fr

Aurélie Martinaud

Ta famille est sans Histoire !

Une révolution culturelle en Chine

5-7, rue de l'Ecole-Polytechnique, 75005 Paris

www.harmattan.fr

ISBN : 978-2-343-21118-3
EAN : 9782343211183

AVERTISSEMENT

Il semblerait qu'il soit nécessaire d'avertir le lecteur sur ce qu'il se prépare à découvrir. En effet, ce livre bien qu'il apparaisse dans une collection dédiée aux récits de mémoire, n'est pas un témoignage historique. Il ne compile pas un ensemble de faits historiques racontés par un témoin qui viendrait illustrer d'anecdotes le récit de l'Histoire de Chine. Il n'est pas non plus un documentaire, car il ne regroupe pas un grand nombre de détails sur cette période historique, ce qui lui ôte toute légitimité scientifique. Il n'est pas non plus une biographie, encore moins une autobiographie.

En fait, ce livre est une sorte d'hybride stylistique car il mélange les genres. Les faits et les événements qui s'y trouvent narrés ont réellement existé. Ils m'ont été contés par une femme qui, au cours de plusieurs années, s'est livrée à mon écoute, poussée sans doute par ce besoin de partage et de transmission du passé, qui amène celles et ceux habitués à se taire, à se confier aux jeunes générations. Ses souvenirs s'incarnent alors dans la voix du personnage principal, Xiao Hua, qui est fidèle au témoignage et m'a permis également une interprétation personnelle de ces faits avec lesquels mon imagination a parfois pris des libertés.

Il faut donc alors aborder ce petit texte comme un récit de fiction, où véracité historique et interprétation créatrice se mêlent. Son authenticité réside principalement dans cette liberté d'aller-retour entre les genres, qui n'est que le reflet concret de ce qui se passe réellement lorsque nous faisons cet effort de mémoire en défiant l'oubli.

À Liu Jian et à sa mère

Assis autour de la table couverte de plats que j'avais préparés, nous l'écoutions raconter ses histoires de famille. Il présentait des récits à sa grandeur, des anecdotes sur cette lignée de Wang dont une rue portait le nom dans le centre-ville. Quand soudain, je haussai les épaules pour témoigner de mon ennui, il n'apprécia pas et entra dans une colère disproportionnée. Ses mots retentissent aujourd'hui encore en moi comme un refrain empoisonné :

« Tu n'y comprends rien ! Tu n'as jamais rien compris !
Tu crois que ta famille a des histoires à raconter ?
Ta famille n'est rien !
Ta famille n'a pas marqué l'histoire de ce pays !
Ta famille est sans Histoire ! »

Il avait raison. Ma famille n'a donné son nom à aucune rue. Elle n'a pas non plus produit de héros. L'Histoire est passée sur nos vies comme le vent gelé de Sibérie, glaçant pour l'éternité des souvenirs joyeux mais aussi des événements que nous aurions bien aimé oublier.

CHAPITRE 1 十岁 *(10 ans)*

J'avais dix ans quand la Révolution culturelle commença.

À cet âge, on ne comprend pas bien ce qu'il se passe dans la vie des adultes. La première chose à laquelle je pense aujourd'hui est ma mère qui se débarrassa des vieilles photographies de famille. C'est étrange comme les détails paraissent si clairs à ma mémoire alors que le contexte général demeure dans une sorte de tourment flou.

Je me souviens de ces vieux clichés en noir et blanc jaunis par le temps aux bordures ornementales ciselées, à ces visages figés qui prenaient la pose devant le photographe. Dans ma famille, personne ne possédait d'appareil photographique. Les seules images donc, qui se trouvaient dans les affaires de ma mère, étaient ces portraits de famille et d'enfants que les gens du peuple faisaient traditionnellement tirer par un professionnel. Sur certaines d'entre elles, des oncles, des tantes de ma mère portaient des vêtements à la mode de l'Ancien Régime. D'autres images montraient mes grands-parents tout endimanchés pour l'occasion, ma tante, qui avait huit ans de plus que ma mère, la tenait dans ses bras. Des photos de famille d'une banalité déconcertante. Trace et mémoire d'un monde antérieur qui n'existait déjà plus. La nostalgie d'un vécu qui n'est plus, hante les placards des maisons au travers de ces moments de réel incrustés sur papier satiné. L'année de mes dix ans aura sonné leur glas. Tout disparut. Rongé et réduit en cendres par le feu du poêle à charbon qui trônait au centre de la pièce de notre logement.

Je me souviens du bruit de craquèlement du papier photosensible qui semblait fondre sous la chaleur des flammes. Et puis aussi l'odeur du papier brûlé... Tout ça fut à la fois soudain et progressif. Soudain, car il fallut s'habituer assez rapidement aux nouvelles exigences du parti. Progressif, parce que ces changements s'immiscèrent sournoisement et tranquillement dans nos vies. Petit à petit, nous vîmes dans les rues des jeunes gens vêtus de coton vert et portant la casquette étoilée de rouge des soldats de la libération. Des posters, des affiches nouvelles recouvrirent les murs et de nouveaux slogans se déversèrent partout dans la ville. La jeunesse montait dans les autobus et proclamait infatigablement des textes annonçant les termes de ce nouveau volet révolutionnaire. Le mouvement partit de Pékin et s'étendit bientôt à l'ensemble du territoire. À Tianjin, la ville où vivait ma famille depuis bien longtemps, et là où je demeure aujourd'hui encore, l'agitation arriva très rapidement. Elle commença avec les étudiants. Nous n'avions pas conscience de ce qui allait devenir les années les plus noires de la République Populaire. Au départ, il ne s'agissait que de reconsidérations intellectuelles sur la voix politique à mener pour l'instauration d'une république plus juste et plus égalitaire. Le peuple était alors exclu des délibérations. Seulement, il en fut rapidement autrement. Une autre jeunesse, peu ou pas du tout éduquée s'empara du phénomène. L'été 1966 fut envahi par une foule d'adolescents parfois pré-pubères, remontés contre les institutions sclérosées et néfastes de leurs ainés. Ils prirent assez vite possession de la direction de cette révolution sociale et culturelle émergente. Il s'agissait pour cette jeunesse délaissée composée d'enfants de paysans, d'ouvriers, de membres du parti « non fourvoyés », de revendiquer leur légitimité dans la mise en marche de cette nouvelle direction politique. Parfois constitués d'un groupe de copains, d'autrefois plus organisés, ils bénéficiaient du soutien de l'armée qui leur fournissait le costume kaki[1], la

[1] Porté également par Mao Zedong autrefois.

casquette à l'étoile rouge et la ceinture à boucle métallique. Je ne me rappelle pas avoir été directement la cible de leurs actions. Pour moi, tout semblait suivre une évolution naturelle. Non pas que je fusse contente de voir des gens se faire insulter, humilier ou frapper sur la place publique, mais la vie se déroulait comme ça. C'était comme ça. Inéluctablement et fatalement. On ne pouvait rien y faire. Et aujourd'hui, c'est toujours le cas. Le destin suit son cours et nos vies paraissent déterminées par des forces supérieures qui nous dépassent.

L'équilibre du monde renaîtra toujours de ces périodes de désenchantements et de chaos en gestation. Cette acceptation fataliste de la vie est déterminante de notre histoire et de notre pensée. Même la Révolution culturelle n'a pas réussi à anéantir cette pensée profonde et déterministe du monde. Entre pensée confucéenne et pensée taoïste, un équilibre s'est instauré depuis des millénaires, et il ne va pas de soi d'en faire table rase. Je n'ai jamais lu les *Entretiens de Confucius*, ni même le *Dao de Jing* de Laozi. Mais cette croyance en une destinée propre à chacun et déterminée par des forces supérieures qui composent la grandeur de l'univers est fortement ancrée en moi. Ici, on appelle ça « Ming » 命! « Ming » détermine notre vie dans ce monde qui lui-même obéit à quelque chose d'encore plus étourdissant et sans limite. Dans cet ensemble vertigineux aux dimensions extra-terrestres, nous, petits êtres vivants que nous sommes, que pouvons-nous y faire ? Nous devons continuer à vivre pour honorer ce bien qui nous a été offert par l'univers. Peu importe de quelle manière ou dans quelles conditions nous devons le faire. C'est comme un devoir de vie qui devient sa propre justification de légitimité devant le monde. Devant la petitesse de notre destinée, ces événements marqueront l'Histoire des hommes et surtout l'Histoire du monde d'un grain de poussière.

Ma mère fit également disparaître des objets qu'elle détenait de ses grands-parents : un service à thé en émail cloisonné d'un bleu outre-mer puissant s'ornementait de motifs floraux d'un rose tendre ; des volutes végétales vert émeraude dansaient tout autour de la théière et se répliquaient en un joli ballet délicat sur les petites tasses à la panse ronde. Et puis la vieille commode en bois rouge y passa aussi. Son style évoquait beaucoup trop celui des « bourgeois » qui étaient déjà la cible des anciens révolutionnaires. Elle avait un beau miroir central et de minuscules tiroirs juste en dessous pour y ranger des bijoux. Bijoux, qui furent également dégagés je ne sais où. La peur avait envahi le peuple – et du coup mes parents – à un point tel qu'ils ne considérèrent pas même la possibilité d'ensevelir dans un coin de la cour les petits objets les plus précieux. Du haut de mes dix ans, je sentais bien cette crainte des représailles. Cependant, je n'ai jamais vu l'effroi sur le visage de ma mère.

Combien de trésors ont été jetés durant ces nuits de l'année 1966 ? Si le gouvernement décidait d'entreprendre des fouilles dans le fleuve de la ville, il n'aurait pas besoin de courir le monde pour récupérer les trésors nationaux. Il suffirait de faire émerger de la vase gluante les précieux objets d'antan dont s'est débarrassé à regret tout un peuple pleurant sur son passé agonisant. C'était une époque très étrange.

Je me souviens encore d'une tenue magnifique dans le style des années 20. Elle appartenait à ma grand-mère qui l'avait offerte à ma mère, comme le font souvent les mères envers leur fille. Une sorte d'héritage au féminin que l'amour des matériaux nobles et délicats se transmet de génération en génération. La tunique était de couleur bleu-vert satinée, en étoffe de soie brodée de fleurs d'un rose poudré, accompagnées de motifs végétaux qui s'enroulaient en spirale sur le bord tout autour. Toutes les bordures étaient soulignées par un liseré également brodé de formes géométriques triangulaires qui composaient dans leur répétition une frise rythmée semblable aux ornementations architecturales qui accompagnent les *dougong*[2], ces bras qui soutiennent à eux seuls la monumentalité des édifices anciens. Le travail de broderie était minutieux, d'une finesse remarquable. Les manches arrivaient au milieu du coude et s'évasaient en leur extrémité comme des fleurs de bignone. L'encolure remontait à mi-hauteur du cou et se fermait par un bouton brandebourg d'un jaune mordoré qui illuminait l'ensemble d'un éclat solaire. Quant au costume d'opéra de mon père… Poubelle !

Nous habitions une propriété appartenant anciennement à une famille bourgeoise de la ville. Plusieurs maisons se partageaient une cour centrale cerclée par des murs la séparant de la rue. Nous étions donc plusieurs familles à avoir été logées par le gouvernement dans ces maisons qui n'étaient autrefois que des dépendances. Notre famille venait d'un milieu assez simple. Mes parents n'étaient pas originaires d'une famille bourgeoise, encore moins intellectuelle. Ils n'avaient donc pas grand-chose à craindre des représailles de la jeunesse en guerre. Il suffisait juste de se conformer aux nouvelles lois, de faire disparaître tout ce qui ternissait l'image de la nouvelle pensée révolutionnaire, et de baisser les yeux devant les outrages répétés aux ennemis de cette révolution d'un nouvel ordre. Or, dans notre cour vivait une famille de professeurs. C'était un vieux couple dont les enfants avaient quitté le foyer depuis plusieurs années déjà. Derrière les fenêtres de bois rouge écaillées, il m'arrivait de contempler la silhouette du

---

[2] Pièce architecturale qui permet le soutien, le maintien et la stabilité des charpentes et des murs de l'architecture chinoise traditionnelle.

Professeur Zhang qui s'exerçait à l'art de la calligraphie. Il portait la barbe fine et longue, d'une blancheur jaunie par le tabac de sa pipe métallique oxydée. Sa femme portait le même nom que lui. Ils étaient tous les deux âgés et s'étaient mariés avant 1949. Comme les femmes de cette époque, elle portait donc encore le nom de son mari. Nous l'appelions Grand-mère Zhang. Elle n'avait pas travaillé et s'était occupée de leurs deux enfants. Chez eux, il y avait des meubles anciens, des rouleaux de peintures et de calligraphies. Il y avait aussi beaucoup de livres, plein de livres. Enfant, j'adorais lire et je me disais que j'aurais bien aimé posséder une telle richesse livresque. Ils étaient très respectueux et surtout montraient envers nos jeunes âges une attention pleine de tendresse. Ils ne se plaignaient jamais du bruit que nous pouvions faire lors de nos disputes enfantines, ni de nos maladresses lorsqu'un pot de fleurs était renversé. Aux beaux jours, ils s'asseyaient tous les deux sur des petits tabourets bas de bois, nous regardant courir, jouer et rire. Grand-père Zhang fumait sa longue pipe qui recrachait, comme la cheminée des usines qui nous entouraient, des nuages blancs de fumée. Grand-mère Zhang quant à elle, aimait travailler à des ouvrages de broderie. Elle avait toujours dans les mains un cercle à broder qu'elle remplissait d'images magnifiques et merveilleuses telles fleurs, petits insectes ou encore dragons. Il n'y avait pas de relation amicale entre le couple Zhang et mes parents, mais la proximité des habitations créait entre les gens des liens de voisinage bien particuliers. Ni amis ni étrangers, les gens se rapprochaient pourtant, et chacun connaissait la vie de tous. Un peu comme ces vies de village où tout le monde se connaît, où le moindre étranger est tout de suite repéré et identifié comme extérieur au groupe, il se créait, dans ce quotidien urbain de quartier contraint par son rattachement administratif à une *danwei*[3], une sorte de lien.

Un soir, nous entendîmes des bruits comme si quelqu'un, muni d'une batte de bois, tapait sur des meubles. Comme c'était l'été, la porte était ouverte pour laisser la brise légère du soir pénétrer dans la maison et rafraîchir ainsi nos rêves d'enfant. En ce temps-là, personne ne fermait sa porte à clef. Par ailleurs, personne ne fermait sa porte durant la saison chaude. Il y avait très peu de richesse personnelle, et les biens de chacun étaient scrupuleusement respectés. Comme tous les soirs donc, notre porte était restée ouverte sur la cour. Entendant l'agitation, ma mère ferma la porte d'un geste rapide, nous écarta des fenêtres et nous demanda de ne faire aucun bruit. Nous étions comme tétanisés par la peur et l'incompréhension de ce qui était en train de se dérouler dans la cour. Quand soudain, on entendit des cris, des bruits de casse, puis encore des cris. Puis les pleurs succédèrent aux cris. Je distinguai par le carreau vitré de la fenêtre les jeunes gens en coton vert étoilé de rouge. Ils brandissaient des banderoles sur lesquelles étaient écrits au pinceau de gros caractères noirs. Les meubles, les rouleaux de peinture et de calligraphie, les livres, tout était jeté en vrac dans la cour. Professeur Zhang et sa femme se tenaient accroupis dans la cour. Grand-mère Zhang prenait son visage dans ses mains et pleurait. Grand-père Zhang suppliait les adolescents tout-puissants qui le harcelaient du mépris des vainqueurs. Les enfants du vieux couple étaient là aussi. Ils restaient debout, la tête baissée vers le sol, et à la grimace que je distinguai difficilement sur leur visage, je compris qu'ils pleuraient de douleur. Puis une lueur jaune et chaude remplit la cour. Les soldats adolescents vêtus de

---

[3] Unité de travail regroupant les personnes en les rattachant administrativement aux mêmes institutions de service : école, usine, hôpital, gestion de quartier.

vert mirent le feu aux biens qui avaient été amassés dans la cour. Les sanglots meurtris continuaient de résonner en parvenant jusqu'à nous, débordant de paroles d'excuses forcées qui les animaient. La chaleur du brasier renforçait la moiteur estivale de ce mois d'août où tout vacilla.

Ce fut en effet la période la plus virulente, la plus violente de cette triste décennie. Elle donna lieu à tous les débordements et toutes les extravagances d'une jeunesse en mal de reconnaissance. Je regardais avec indifférence ces grands frères et grandes sœurs qui braillaient à longueur de journée des phrases que j'apprenais déjà par cœur à l'école. Je ne me sentais pas menacée, mais je ne m'approchais pas d'eux. Leur combat n'était pas le mien. Je me contentais d'être une petite fille normale. Je n'avais ni haine ni admiration. Ils étaient là, faisaient ce qu'ils avaient à faire. Je les redoutais tout de même, car je savais ce dont ils étaient capables, mais je ne vivais pas dans la terreur de leur menace. Le jour qui suivit cette nuit d'août tourmentée, la famille Zhang avait disparu. Personne ne sait où ni comment. Ou plutôt, personne ne demanda comment ils avaient fui ou encore si on les avait emmenés. À cette époque, beaucoup de gens fuirent les villes, le pays. Ceux qui restaient, ne posaient pas de questions sur le devenir des disparus. Une nouvelle famille prit possession des lieux et la vie continua son cours.

Avant que les intellectuels se jettent corps et âme dans la lutte révolutionnaire des masses, qu'ils se décident à les servir et à faire corps avec elles, il arrive souvent qu'ils soient enclins au subjectivisme et à l'individualisme, que leurs idées soient stériles et qu'ils se montrent hésitants dans l'action.

Aussi, bien que les nombreux intellectuels révolutionnaires chinois jouent un rôle d'avant-garde et servent de pont, tous ne sont pas révolutionnaires jusqu'au bout.

Dans les moments critiques, une partie d'entre eux abandonnent les rangs de la révolution et tombent dans la passivité ; certains deviennent même des ennemis de la révolution. Les intellectuels ne viendront à bout de ces défauts qu'en participant longuement à la lutte des masses[4].

---

[4] *Le petit livre rouge, Citations de Mao Zedong*, 1964, chapitre XXX. *Les jeunes*, « La Révolution chinoise et le Parti communiste chinois » (Décembre 1939), Œuvres choisies de Mao Tsétoung, tome II.

CHAPITRE 2 父母 (*Les parents*)

Ma mère était ouvrière dans une usine de cigarettes. Elle alternait le travail de jour et celui de nuit. Quant à mon père, il travaillait dans la vente de certains produits spécifiques. Il était comme une sorte de représentant commercial, mais pour les entreprises d'Etat.

Ils se sont rencontrés parce qu'ils faisaient tous deux partie de la troupe de comédiens de l'opéra de Pékin de leur usine. Ma mère avait dix-huit ans, mon père sept ans de plus. On peut dire que leur histoire était une vraie histoire d'amour. Au départ, ma grand-mère était contre leur union : mon père n'était pas musulman. Mais elle finit par céder aux prières de ma mère et surtout aux efforts répétés de mon père pour la séduire. Il y eut un mariage simple mais très joyeux. À cette époque, dans cette première moitié des années cinquante, les brutales interdictions qui allaient sévir dans la décennie suivante n'avaient pas encore pris leurs fonctions. Les invités étaient des collègues de travail qui faisaient également partie de la troupe de l'opéra. Ils chantaient des airs à tour de rôle, tout en remplissant leurs panses de vin blanc et de plats à la viande de bœuf et de mouton. Ma mère en garda un souvenir nostalgique où la joie blottie dans les bras de la mélancolie, faisait poindre aux coins de ses yeux des perles de larmes aux saveurs de chagrin d'un passé en pleine réminiscence.

À tous les deux, ils ne gagnaient pas beaucoup d'argent, mais mon père, par son travail, pouvait bénéficier de petits privilèges : il lui arrivait de pouvoir obtenir d'un système d'échanges de tickets de rationnement, des produits spéciaux comme du charbon de très bonne qualité, qui renforçait la chaleur et la durée du brasier. Il avait également parfois droit à des mets rares et doux comme des bonbons, des friandises qu'il nous offrait. Il partait également régulièrement en déplacement dans d'autres provinces, dans d'autres villes. De ses voyages, il nous rapportait des chaussettes de coton blanc, des souliers à brides de Shanghai. Ces petites chaussures m'ont profondément marquée. Il s'agissait de sandales blanches dont les brides étaient en cuir. Une petite lanière attachée par une boucle en métal doré servait de fermeture. Nous étions les seules petites filles du quartier à en avoir. Une autre fois, ses valises renfermaient cinq paires de tongs noires. Nous n'en avions jamais vu auparavant de semblables. La semelle était épaisse et comportait plusieurs couches colorées superposées. La lanière était rouge. Nous n'étions pas habitués à porter ce genre de chaussures qui accessoirisaient essentiellement les tenues des habitants des régions chaudes du sud de l'Asie. Au départ, la sensation était quelque peu étrange et peu confortable. Mais nous étions si heureux et fiers de détenir un objet si rare en notre possession que nous les portâmes tous avec beaucoup d'orgueil. Les plus adorables étaient celles de ma plus petite sœur qui était âgée de deux ou trois ans à peine. Toutes ces choses étaient introuvables dans cette partie du nord de la Chine, si proche de la capitale politique. La proximité avec le pouvoir central a toujours stabilisé le nord du pays dans un immobilisme "antimoderne". Au contraire, Shanghai s'est toujours développé dans un rapport davantage ouvert sur le reste du monde. Ses influences culturelles et économiques trouvent leur source dans l'apprentissage et le regard vers l'extérieur. Alors que le sud a reçu très tôt les répercussions du libéralisme et de l'entrée dans un monde globalisé, le nord et sa capitale, ont toujours vécu en huis clos. Comme si ces régions, soumises depuis des époques ancestrales aux invasions barbares, avaient dû apprendre à se protéger en effectuant un repli sur elles-mêmes. Dans le nord, et cela demeure encore aujourd'hui, toute carrière professionnelle est fortement liée au politique. Même si vous ne faites pas de politique, même si vous n'avez pas votre carte du parti, vous aurez malgré tout affaire à des personnes rattachées de près ou de loin au gouvernement. Ce qui est moins systématiquement le cas dans la région de Shanghai.

Nous goûtâmes donc, étant enfants, à des joies simples sans pour autant avoir l'impression de manquer de quoi que ce fût. Nos parents, et notre mère de surplus, jamais, ne nous laissèrent souffrir d'un quelconque manque. Nous vivions dans le bonheur et la tristesse relatifs à nos âges puérils, en assistant au spectacle du quotidien sans vraiment nous rendre compte des réalités et des événements ordinairement incroyables qui survenaient alors.

Mes parents avaient donc sept ans d'écart. Ils se rencontrèrent à l'usine de cigarettes dans laquelle travaillait ma mère. À cette époque, chaque unité de travail avait dans ses rangs différentes troupes d'artistes amateurs qui se produisaient en spectacle pour les ouvriers. Il y avait également la même chose pour le sport. Ainsi, la vie de l'unité de travail proposait aux jeunes gens à la fois des activités culturelles et sportives, mais aussi des spectacles de divertissement représentés par ces amateurs. De même qu'aujourd'hui il y a des rencontres sportives ou des événements culturels entre associations ou clubs, il y avait ainsi des rencontres de troupes d'opéra, de danse, de chant, et de sport entre les jeunes gens de ces différentes unités de travail. Mes parents se rencontrèrent lors d'une de ces manifestations. Ils répétaient ensemble pour une représentation qui devait avoir lieu pour la fête du travail, au mois de mai. Ils tombèrent amoureux l'un de l'autre comme dans les romans sentimentaux. Lui, du haut de ses vingt-cinq ans ne put résister à la fraîcheur et la beauté de cette jeune fille, à la silhouette élancée. Elle, fut attirée par le charme et l'assurance de cet homme fort et plein de confiance. Ils se marièrent un an après.

Ma mère était très grande pour l'époque. Elle mesurait près d'un mètre soixante-dix, ce qui était loin d'être courant pour une femme née dans les années trente. C'était une très belle femme à la silhouette fine et élancée. Ils eurent rapidement un premier enfant. En l'espace de huit années, quatre autres suivirent. Elle n'arrêta jamais de travailler. Dès que nous étions sevrés, elle nous laissait chez mes grands-parents. Puis quand le suivant arrivait au sevrage, elle récupérait l'aîné et le cadet prenait sa place. Nous avons tourné comme ça tous les quatre jusqu'à l'âge d'entrer à l'école. Seule la benjamine de la famille ne bénéficia pas de cet interlude loin de la maison du fait de sa surdité. Nous étions donc une famille nombreuse, mais pas très nombreuse, et en cela, nous représentions parfaitement l'engagement et l'effort générationnel d'une époque.

Mon père avait une passion : il aimait l'opéra de Pékin. Il pratiquait et chantait le rôle du Jing, personnage au visage peint en noir : une voix à la tonalité grave, une présence extraordinaire, un regard d'une vitalité et d'une force remarquables. C'était un homme d'une grande assurance, mais aussi d'un fort tempérament. Plus vieux, il se rasait la tête et son crâne luisait au soleil comme une grosse boule dorée. Il nous aimait tous beaucoup. C'est lui qui nous peignait les cheveux, faisait nos nattes le matin et veillait à ce que nous soyons impeccables avant d'aller à l'école. On peut dire qu'il nous chouchoutait. Cependant, il était plus dur avec mon frère. Le premier et unique garçon de la fratrie. Il exigeait de lui qu'il se comporte en « homme ». Il devait se montrer responsable envers nous qui étions plus jeunes que lui. Il devait aussi faire preuve de courage, ne pas montrer ses faiblesses et être capable de rayonner en société, à l'image de son patriarche. Quand j'y repense, et au vu du destin avorté de mon frère, quelle conception vaine de la virilité !

Mon père avait donc souvent à faire à l'extérieur : il devait rencontrer des gens, participer à des dîners. Il demandait souvent à ma mère de l'accompagner, mais elle refusait. Elle n'aimait pas ce genre de mondanités. Elle était simple, elle goûtait à des plaisirs simples. Et puis elle s'occupait de nous et cela la fatiguait. Ma mère me confia par la suite qu'elle regretta de ne pas l'avoir accompagné dans ses dîners. Elle pensait aujourd'hui, qu'elle n'avait pas assumé son rôle d'épouse jusqu'au bout et que cela avait généré les événements qui étaient survenus par la suite et dont je vais faire le récit immédiatement.

Un soir, il rentra à la maison et regarda ma mère d'un air inhabituel. Je compris que quelque chose de grave allait arriver sans imaginer vraiment ce dont il s'agissait. Les jours qui suivirent cette soirée furent mouvementés. Ma mère pleurait tous les soirs sans qu'on puisse savoir pourquoi. Quant à mon père, il ne rentrait plus tous les soirs à la maison. Les nuits où il était là, il dormait dans le lit conjugal mais enroulé dans une autre couverture, bien distincte de celle qu'utilisait ma mère. Enfin, le jour de la décision irrémédiable tomba comme un poids lourd et pesant. Il y eut des cris, des pleurs et des disputes. Nous comprîmes tout. Mon père avait sous sa direction une jeune femme enjouée, légère et intéressée - je reconnais un manque d'impartialité. Il eut une aventure avec elle. Elle tomba enceinte. Sa famille la renia. Elle ne voulait pas avorter, ni laisser mon père. Elle voulait qu'il quitte ma mère. C'était une situation difficile. En pleine Révolution culturelle, le peuple devait être rééduqué dans la droite ligne d'une morale purifiée. Si l'affaire venait à s'ébruiter de trop, mon père risquait l'emprisonnement, voire bien pire encore. Lui, ne voulait pas partir, il ne voulait pas quitter ma mère. Il avait commis une erreur, une grosse erreur. Il était le père de cinq enfants, il avait une femme jeune et désirable. Fatiguée par la vie certes, mais toujours attirante. Or, le risque était trop grand. Ma mère m'a confié plus tard qu'elle avait beaucoup réfléchi alors. Ils avaient tous deux peur de l'autre femme : elle avait menacé de dénoncer mon père au comité de district. Une telle dénonciation aurait rassasié la soif de vengeance et de colère de ma mère, mais nous aurait sans doute rendus orphelins. Et puis elle l'aimait toujours malgré tout. De plus, les conséquences étaient à peu près les mêmes pour elle : soit il partait avec l'autre femme, soit il disparaissait dans les camps de travail de Mandchourie ou du Qinghai. Quoi qu'il arrivât, elle se retrouvait privée de mari.

Finalement, elle devait aussi rester pragmatique : elle devait continuer à nous élever, ce qui avec un seul salaire devenait une tâche bien plus difficile. Financièrement, il n'était pas non plus envisageable de perdre mon père. En liberté et vivant, il pourrait toujours venir nous voir, participer aux dépenses courantes, continuer d'être notre père. Il valait mieux accepter les faits tels qu'ils se présentaient. Elle assumerait la honte de n'avoir pas su garder son homme auprès d'elle. Elle affronterait avec courage d'élever au quotidien ses cinq enfants toute seule. Elle jetterait aux confins de l'oubli les souvenirs, la tendresse et l'amour de celui à qui elle s'était donnée pour la première et la dernière fois. Elle serait une femme divorcée.

Malgré le fait qu'elle aurait eu l'entier soutien de l'ensemble de la caste administrative – juge, comité de district – ainsi que de la dynamique politique ambiante, elle a toujours porté en elle les causes de cette séparation. Pour elle, elle avait commis la faute de ne pas jouer le rôle de la femme mondaine, drôle et amusante qu'elle aurait dû endosser alors qu'elle était encore dans la fleur de l'âge. Elle aurait dû se montrer plus docile, plus attentionnée aussi. Mais les grossesses à répétition avaient épuisé en elle toute force romantique et sa jeunesse disparaissait petit à petit sans qu'elle eût la conscience de réagir.

Sa situation révèle bien les conditions d'existence et de représentation encore présentes des femmes sur leur propre féminité. Le Parti communiste a aidé et encouragé une certaine libération des femmes par rapport au modèle féodal patriarcal. La propagande des années cinquante mit en avant l'indépendance féminine et son rôle prépondérant dans la famille, en considérant la femme non plus comme un être appartenant à son mari, mais comme personnage autonome et capable de rapporter également de quoi faire vivre le foyer. À partir de 1949, les femmes gardèrent leur nom de famille comme un gage d'émancipation, et leur travail en tant que membres actifs de la révolution prolétarienne fut propulsé sur la liste des changements prioritaires des mœurs impérialistes. Pourtant, les femmes chinoises continuent encore de s'enfermer dans des rôles d'épouses parfaites dont le désir secret reste de satisfaire les attentes discrètes de leur époux. Certes, pour les nouvelles générations, cela est différent. Mais pour celle de ma mère, pour la mienne, c'est toujours le cas. Encore une fois, il est naïf et fantasque de croire qu'une transformation radicale des mœurs d'une société à la civilisation millénaire peut s'effectuer en quelques décennies, et ce genre d'habitudes et de conceptions a une capacité de résistance semblable au granite.

Ma mère en a évidemment voulu à mon père, mais je sais qu'au fond, c'est à elle-même qu'elle en a le plus voulu. Elle s'en est voulu de ne pas avoir résisté à la routine, de ne pas avoir réagi en prenant soin de son couple, de ne pas avoir vu les signes précoces qui annonçaient la situation inévitable. Ce divorce sonna le début d'une existence pleine de drames futurs, car ce n'était malheureusement que le premier coup tragique d'une liste qui surviendrait, sans qu'elle en eût encore l'ombre d'un doute, dans sa longue vie.

Mon père se remaria. Il eut un fils, puis plusieurs années plus tard une fille. Il était alors déjà vieux. Il fut un père très exigeant et intraitable avec le fils qui devint doux et faible. Avec ma jeune demi-sœur, ce fut tout autre chose. Il lui enseigna l'art de l'opéra et surtout le rôle du personnage Jing au visage maquillé de noir. Si bien qu'elle devint professionnelle. Elle ressemble beaucoup à notre père : elle a le même caractère fort et autoritaire.

Après le divorce, nous rendions visite à notre père les week-ends. Pas dans sa nouvelle famille bien sûr. Nous allions chez les oncles et les tantes qui habitaient non loin de chez nous. Mon père était le benjamin d'une très grande famille. Ses frères et sœurs avaient des enfants du même âge que lui, ce qui produisait des situations cocasses où nous jouions avec nos arrières petits-neveux. La famille de mon père se révéla très protectrice vis-à-vis de ma mère. Tous ses membres ont toujours reconnu son courage ainsi que sa grandeur d'âme. Aujourd'hui encore, les neveux et nièces viennent lui rendre visite et louent son caractère exemplaire ainsi que ses vertus de droiture et d'honneur. Je ne sais pas comment elle a réussi à surmonter toutes ces épreuves difficiles. Peut-être était-ce pour nous ? Cette mère a renoncé à sa vie de femme pour nous offrir une éducation et un niveau de vie égal à celui de n'importe quel autre foyer d'ouvrier. Évidemment, nous taisions à l'école le fait que nos parents étaient divorcés. Ce n'était pas une chose dont nous pouvions nous vanter. Évidemment, cette rupture familiale a touché chacun d'entre nous. Nous avons pourtant continué à nous construire autour de cette plaie béante qui ne se refermerait jamais. Nous en avons aussi beaucoup voulu à notre père. Adultes, nous n'allions plus beaucoup lui rendre visite. Pour certaines d'entre nous il s'agissait plus d'une obligation que d'une envie.

Il termina sa vie, allongé sur un lit, paralysé par un accident vasculaire cérébral. Lui qui était impulsif, vigoureux et robuste, il ne pouvait plus se nourrir tout seul. Lui qui s'amusait de bons mots, qui maniait la langue avec dextérité et aisance, il ne pouvait pas aligner plus de deux mots à la suite. Quand nous allions lui rendre visite, heureux, il prononçait nos noms avec difficulté. Nos visites le remplissaient réellement de joie et cela se voyait au sourire grimaçant qu'il tentait de renvoyer à nos visages passifs. Nous lui manquions terriblement, je crois. Je m'en rendais à chaque fois bien compte. Mais je ne pouvais pas me résigner à venir plus souvent. La peine était trop dure, même après toutes ces années. Lors de nos visites, quelques minutes après notre arrivée, cela recommençait : il arrosait le silence de « connasses », « putain », « va te faire enculer ». Les jurons se répétaient en une cascade rythmée comme le chant accidenté d'un bègue énervé. Sa femme nerveuse, s'excusait alors de son comportement, essayant de le calmer par des paroles qui ne faisaient qu'exciter son courroux de plus bel. Il devait souffrir profondément de son infirmité qui le plongeait dans cet état de colère incontrôlable.

Ma mère ne lui a jamais pardonné. Elle ne s'opposait pas à ce que nous allions le voir. Néanmoins, nous lui cachions toujours nos visites. Nous ne lui racontions jamais comment il vivait sauf si c'était elle qui posait la question. J'ai toujours eu le sentiment que la maladie de mon père était comme un juste retour des choses. Pas pour mon père qui souffrait déjà bien assez de la situation. Il n'est pas non plus pour moi question de lui pardonner ce qu'il fit autrefois. L'adultère, l'abandon, puis la reconstitution d'une famille loin de nous, tout cela restera à jamais en moi comme la pire et la plus impardonnable des choses qu'il aura pu nous faire subir. La punition du ciel (qui n'est pas Dieu) a surtout frappé sa femme. Elle aura passé plus d'une dizaine d'années de sa vie à s'occuper d'un vieux handicapé injurieux et colérique. La peine a dû être également affreuse pour elle. Je ne la plains pas, mais je lui reconnais ceci : elle n'a sans doute pas eu la vie dont elle rêvait avec mon père. Jamais elle ne réussit à recevoir des égards aussi hauts que ma mère dans la famille de mon père. Elle arriva après, et d'une façon peu honorable. Elle représentait la femme rusée et fautive qui avait brisé une famille. Bien que la politesse et la bienséance lui procurassent une place déterminée au sein de ce clan, il n'en demeura pas moins qu'elle ne fut jamais aussi bien considérée et respectée que ma mère.

Ainsi suivons-nous le cours de nos existences futiles. Encore une fois, tel est notre « Ming » !

Les hommes se trouvent ordinairement soumis, en Chine, à l'autorité de trois systèmes (le pouvoir politique, le pouvoir clanal, le pouvoir religieux — N.d.l.R.), . . .

Quant aux femmes, elles se trouvent en outre sous l'autorité des hommes ou le pouvoir marital.

Ces quatre formes de pouvoir — politique, clanal, religieux et marital — représentent l'ensemble de l'idéologie et du système féodalo-patriarcaux et sont les quatre grosses cordes qui ligotent le peuple chinois et en particulier la paysannerie.[5]

Unissez-vous, participez à la production et aux activités politiques et améliorez la situation économique et politique de la femme.[6]

---

[5] *Le petit livre rouge, Citations de Mao Zedong*, 1964 chapitre XXI. *Les femmes*, *« Rapport sur l'enquête menée dans le Hounan à propos du mouvement paysan »* (Mars 1927), Œuvres choisies de Mao Tsétoung, tome I.

[6] *Le petit livre rouge, Citations de Mao Zedong*, 1964 chapitre XXI. *Les femmes*, pour la revue Femmes de la Chine nouvelle, premier numéro, 20 juillet 1949.

CHAPITRE 3 洗澡 *(Au bain !)*

Après le départ de mon père, nous vivions une vie extrêmement bien réglée et organisée. Tout était préparé, arrangé, fait en sorte pour que les différents moments de la journée survinssent sans surprise. Quand elle travaillait de nuit, ma mère laissait du riz prêt et des plats déjà cuisinés par ses soins sur la table. Nous n'avions plus qu'à réchauffer le riz et nous attabler. À son retour au petit matin, elle se reposait quelques heures, puis accomplissait ses travaux ménagers avant de repartir pour l'usine en début de soirée. En addition de son tempérament de grande gérante familiale, elle a toujours été très attentive à la propreté. On peut dire qu'elle fait partie de la caste des gens maniaques. Au départ, notre maison n'était constituée que d'une seule pièce. Au centre trônait le lit, et les meubles tout autour. Mon père avait construit une petite mezzanine qui permettait à mon frère de dormir à l'écart. Pour le reste des enfants qui n'étaient pas encore partis ou revenus de chez ma grand-mère, nous partagions la couche de nos parents, comme il est de coutume dans la tradition. Un des murs de la maison était relié à l'extérieur par un auvent qui formait alors une extension bien pratique pour y stocker des affaires. Lorsque nous fûmes cinq à occuper le foyer, on ferma cette extension afin de créer une autre pièce. Notre maison était alors constituée de deux chambres. La pièce principale était occupée par une petite table carrée en bois, du poêle à charbon, d'une espèce de buffet bas dans lequel étaient rangés les plats, assiettes, bols et wok pour le repas. Dans la partie supérieure du meuble, deux tiroirs permettaient de dissimuler les différents papiers, crayons, et petites fournitures du quotidien. À droite de la pièce, une ouverture marquée par un tissu blanc cloué juste au-dessus, séparait de ce premier espace de vie, une petite alcôve dans laquelle nous, les filles, nous couchions dans un grand lit avec notre mère. Étant le seul garçon, mon frère ne partageait pas son lit et dormait dans l'autre pièce. Dans la nouvelle petite chambre, il y avait également une armoire qui renfermait le blanc et le linge de la saison suivante. Les quelques livres et cahiers d'écriture que nous avions étaient soigneusement rangés sur les rebords de fenêtres. Pas un grain de poussière ne se laissait attraper par les regards furtifs et errants sur la surface des objets. Ma mère travaillait, rentrait tard le soir, et malgré cela, elle ne se couchait jamais avant d'avoir remis en ordre son foyer. Le grand ménage était effectué chaque jour de repos, qui n'était autorisé qu'une seule fois par semaine. L'intérieur était simple et d'un confort spartiate, mais elle savait le rendre agréable, clair et confortable à vivre. Les murs blancs étaient immaculés. Les bouts de coton faisant office de rideaux, étaient régulièrement lavés à la main, et ce, par tous les temps. On ne pouvait distinguer une ombre de mouton gris poussiéreux sur la dalle de béton qui faisait office de sol, tellement son exigence de netteté était grande. Comme beaucoup de femmes, elle était la première debout, le matin, pour préparer le petit-déjeuner et la dernière couchée, pour finir d'astiquer vaisselle, meubles et sol. Elle lavait elle-même nos vêtements à la main, cela jusqu'à ce que nous atteignions un âge avancé. Elle ne voulait pas nous laisser faire, de peur que nous ne le fassions pas correctement. De plus, elle considérait que nous aurions bien le temps de nous adonner à ce genre de corvées lorsque nous serions mariées et que nous nous occuperions à notre tour du linge de nos propres enfants. Ainsi, pour le lavage, elle se mettait dehors, assise sur un petit tabouret de bois, les mains plongées dans une bassine d'eau, une planche à laver appuyée contre le rebord de la cuve sur laquelle elle raclait énergiquement le linge mousseux. Les petits bourrelets de la planche cognaient le gros pain de savon jaune en produisant un bruit sourd et rond. Elle se livrait à sa tâche quotidienne dans le silence consciencieux du travail bien fait. Ensuite, le linge rincé à l'eau chaude, devenu enfin propre, elle le dispersait à l'intérieur afin qu'il séchât tranquillement à la chaleur du poêle. Les draps blancs des lits subissaient le même sort que nos vêtements et aucune trace de salissure ne résistait à sa force détergente.

Nous étions nous-mêmes sujets de toute son attention. Elle portait une grande importance à ce que nous fussions nous-mêmes bien propres. Tous les jours, elle nous conviait à un rituel de libations bien particulier. Il n'y avait pas de salle de bains, ni de toilettes dans la maison. Notre nettoyage quotidien demandait une certaine organisation et préparation que nous ne pouvions pas faire seuls avant d'avoir au moins treize ou quatorze ans. Il fallait tout d'abord aller chercher de l'eau à la fontaine qui se trouvait à une centaine de mètres de l'entrée de notre cour. Deux gros bidons de métal servaient de cuve d'eau. Quand nous étions petits, c'était ma mère qui s'y rendait tous les jours. Plus tard, je m'en chargeais. Elle préparait donc une bassine d'eau bien chaude préalablement bouillie, puis nous tendait le savon et un petit carré de coton blanc. Il fallait immerger le linge clair dans l'eau et le frotter contre le savon. Quand la mousse en recouvrait la surface, elle nous montrait les parties du corps à astiquer en prenant soin de toujours bien citer leur nom.

« Derrière les oreilles ! »

Nos petits doigts, couverts par le tissu savonneux, passaient et repassaient avec vivacité sur la zone incriminée. Elle ne nous lâchait pas ! Il ne fallait pas faire semblant de frotter. Sinon, gare à nous !

« Cou ! »

Nous frottions, frottions du mieux que nous pouvions.

« Repousse la crasse ! »

Elle répétait ça tout le temps. Cela nous amusait beaucoup, mais à cet instant-là, il n'était pas question de rire. Nous nous appliquions à enlever cette fine pellicule de crasse invisible. Le coton spongieux raclait l'épiderme déjà bien violenté par nos gestes répétés. Nous n'y croyions qu'à moitié à la présence de cette crasse boueuse et collante dont elle nous rabâchait les oreilles. Il s'agissait en fait, de ne pas la décevoir et de la satisfaire. Le dimanche, lorsqu'elle ne travaillait pas, elle nous « repoussait la crasse » elle-même. Elle nous mettait un par un près du poêle, et nous avions droit à un frottage cinq étoiles. Elle n'y allait pas de main morte, et nos délicates peaux encore molles et fragiles de l'enfance rougissaient sous sa poigne décidée. Parfois un « Aïe ! », nous échappait.

« Quoi, aïe ? Faut bien que je te débarrasse de ça ! Allez, ne bouge plus ! »

Quand le premier brillait comme une étoile dans un ciel nocturne et glacial d'hiver, elle passait au suivant. Avec le recul, je pense que ces moments de proximité charnelle remplaçaient en quelque sorte les élans d'affections et de tendresses pudiques qui n'avaient pas leur place dans cet environnement sévère et brutal. Tous les matins, elle se levait en même temps que le soleil. Après une journée de travail éreintant, elle ne trouvait le repos qu'à l'heure où les oiseaux nocturnes partent en chasse des rongeurs qui ravissent leur appétit pareil à celui de loups affamés. Comment lui en vouloir de ne pas nous avoir davantage pris dans ses bras ?

En ce qui la concernait, elle faisait sa toilette directement à l'usine. Tous les jours, après le travail, elle prenait une douche aux bains publics de la *danwei* dans laquelle elle exerçait. Son travail consistait à emballer les paquets de cigarettes dans les cartouches qui étaient ensuite mises en carton en vue d'être expédiées vers les différents points de distribution. À l'intérieur, il faisait une chaleur insoutenable, été comme hiver. Dès qu'elles arrivaient à l'usine, les ouvrières ôtaient leurs manteaux épais doublés de fleurs de coton. Elles accrochaient dans les casiers du vestiaire, pull, tricot de corps, collants de laine et chaussettes fourrées. Elles disposaient délicatement leurs souliers renforcés d'une couche laineuse sous les bancs aux lattes de bois et revêtaient leur uniforme qui n'en était pas réellement un : caraco de coton très fin, bermuda léger et charlotte de protection sur la tête. L'odeur du tabac était enivrante et très singulière. Semblable à un doux poison rusé, elle s'emplissait de couleur ambrée, chaude et safranée, tout en laissant capter aux organes olfactifs des notes piquantes et poivrées, signes de son caractère pervers et diabolique. Cette fragrance pouvait vous donner le tournis. Elle se répandait partout, s'immisçait dans les cheveux, collait sur la surface du corps, envahissait les narines jusqu'à ne plus sentir le parfum raffiné des fleurs des jasmins qui poussaient dans le jardin accolé au bâtiment destiné au stockage. Il était évidemment interdit de fumer à l'intérieur des bâtiments de traitement des paquets, mais les ouvrières avaient bien droit à deux pauses cigarettes dans la journée. La température élevée conservée à l'intérieur des espaces de travail était nécessaire à la bonne conservation de la qualité du tabac. Il ne fallait pas qu'il prît l'humidité, encore moins qu'il gelât durant la saison hivernale.

Il arrivait qu'elle nous emmenât, nous laver à la *danwei*. C'était horrible ! La chaleur de l'usine renforçait celle de la salle de douches. Petite, je me rappelle que ma mère nous prenait par la main, nous faisant entrer dans le vestiaire où les casiers gris métalliques s'alignaient les uns contre les autres, et formaient une doublure froide et opaque au mur couvert d'une peinture vert-de-gris, bien caractéristique du médium de recouvrement utilisé à cette époque, et ce, jusqu'à la fin des années quatre-vingt-dix. Nous nous déshabillions, rangions nos petits vêtements doublés de fleur de coton dans le casier de ma mère. Les souliers bien alignés sous les bancs aux lattes de bois, nous nous préparions à entrer dans la salle de bains. Il fallait tout d'abord traverser un mince couloir de deux ou trois mètres de long qui débouchait sur un espace dont la superficie égalait celle de notre cour, à laquelle on pouvait ajouter les maisons qui se la partageaient et dans lesquelles nous vivions tous. Tout nous paraît toujours bien plus majestueux, immense et disproportionné lorsqu'on est enfant. Je revois encore ces plafonds hauts, qui me donnaient l'impression de pouvoir échapper à toute tentative humaine d'accession. Je me demandais toujours comment les personnes de la maintenance s'y prenaient pour changer les lampes néons qui éclairaient si violemment les différents intérieurs du bâtiment. L'ensemble des murs de la salle de bains étaient recouverts à hauteur d'homme d'un carrelage blanc 20 x 20, du ton le plus neutre qui fût. De grosses pommes de douche sortaient des deux murs latéraux qui se faisaient face. L'eau s'en écoulait en une pluie chaude et soutenue. Tout le long des murs courait une rigole qui formait un petit ruisseau et qui permettait à l'eau de s'écouler sans débordement vers une bouche d'évacuation rectangulaire incrustée directement dans le sol de béton. Les jets d'eau chaude ouverts à fond propageaient dans l'ensemble du lieu une moiteur pesante et étouffante. Un brouillard dense et épais se répandait tant et si bien que j'avais la sensation d'entrer dans un autre monde : il y avait tout un rituel qui nous accompagnait vers cette autre dimension. Le vestiaire consistait dans le premier sas. La chaleur se faisait ressentir, plus présente. Les senteurs de savon mélangées à la pesanteur de l'humidité nous préparaient à ce voyage. Puis, l'étroit couloir que nous empruntions en nous tenant tous par la main, nous conduisait vers notre destination finale : la salle de douches. Alors, nous pouvions distinguer au loin des nuages embaumés déborder de la porte, comme s'ils avaient été recrachés par je ne sais quel monstre hideux et fantastique. Face au trou béant, le brouillard devenait presque matériellement touchable tellement sa densité était condensée. Face à la salle embrumée, nous ne pouvions distinguer rien d'autre que des silhouettes floues et fantomatiques qui erraient çà et là, déplaçant avec elles les nuées blanches qui dansaient tout autour. La visibilité était réduite à l'extrême. Il était impossible de distinguer une personne à plus d'un mètre cinquante de distance ce qui renforçait la sensation d'oppression déjà provoquée par la présence insoutenable de cette température caniculaire. Seuls les pieds, collant inévitablement sur le sol, semblaient rattacher à la réalité de ce monde ces ombres errantes. Lorsqu'une ouvrière se rapprochait de nous, pour saluer ma mère, ou tout simplement pour constater comme nous avions grandi, elle paraissait émerger de nulle part, tel un phénomène magique, tel un être merveilleux et divin qui naît des nuées célestes et prend forme humaine lors de ces voyages terriens. Même dans cette atmosphère suffocante, ma mère ne renonçait pas à sa besogneuse habitude : repousser la crasse ! Et puis c'était plus pratique. Tout le corps était exposé et disposé à être frotté, astiqué et bien nettoyé. Elle pouvait également nous laver les cheveux avec plus de facilité. Pour ce faire, nous devions mettre la tête en avant. Cela permettait de ne pas recevoir de savon ni de gouttes d'eau dans les yeux. À cette époque il n'y avait pas de shampoing, ni aucun autre produit de beauté comme on en trouve aujourd'hui. Le corps, les cheveux, le visage, tout était lavé avec le même savon dur et rugueux. Je redoutais à chaque fois, en fin de semaine, ce passage obligatoire dans cet endroit au climat tropical paradoxal. Plusieurs fois, je faillis me sentir mal et partir en malaise vagal. Quand j'eus moi-même été affectée dans une *danwei* à l'âge de seize ans pour y commencer ma carrière de camarade prolétarienne, je me rendais dans les douches publiques attenantes. J'échappais enfin à ces ablutions cauchemardesques même si je reconnaissais que la compagnie conviviale de mes sœurs manquait au rituel. Or, même à l'écart de la présence de ma mère et de son œil scrutateur, je me remémorais toujours ces paroles drôles et touchantes qui n'étaient finalement que les marques singulières de son affection et de son amour.

« Repousse bien la crasse ! »

Il est de première importance pour l'édification de la grande société socialiste d'entraîner en masse les femmes à participer aux activités productrices.

Le principe « à travail égal salaire égal » doit être appliqué dans la production. Une véritable égalité entre l'homme et la femme n'est réalisable qu'au cours du processus de la transformation socialiste de l'ensemble de la société.[7]

---

[7] *Le petit livre rouge, Citations de Mao Zedong*, 1964 chapitre XXI. *Les femmes*, note sur l'article : « Les femmes rejoignent le front du travail » (1955), L'Essor du socialisme dans les campagnes chinoises.

CHAPITRE 4 哥哥 *(Grand frère)*

Autrefois, j'avais un frère, un grand frère qui était de deux ans mon aîné. Il était le seul garçon de notre fratrie. Je ne parle que très rarement de lui. Ce ne sont pas des choses qui se font ici ; je veux dire, parler des morts. On ne garde pas leur image, ni on n'évoque leur existence passée. Est-ce de peur de réactiver la douleur trop intense provoquée par leur disparition irrévocable ? Ou encore, la crainte que leur évocation les réveille de leur repos serein et les rappelle à notre monde sous forme d'esprit angoissé ? Je n'en sais rien et au fond cela m'importe peu.

La vie de mon frère a pris fin l'année de ses dix-sept ans. Il faut croire que c'était sa destinée. Encore ce « Ming » qui se montra en cette occasion, intransigeant et injuste. Une vie en train de s'épanouir, pleine d'énergie et des vigueurs de l'adolescence, fut interrompue d'une manière inattendue, car personne ne soupçonna ce qui advint cette nuit-là. Cet événement morbide changea radicalement l'équilibre de notre famille et brisa au plus profond de nous la joie candide et naïve de l'enfance.

Mon frère était donc le premier et seul fils d'une fratrie composée de quatre filles. Il était doux et calme. Il ne s'occupait jamais de nos disputes ni de nos complaintes. Il avait hérité des gènes de ma mère ce qui lui donnait une taille qui dépassait celle de ses camarades de classe. Par contre, physiquement, il ressemblait beaucoup à notre père. Il avait un visage long dont les mâchoires larges arrondissaient le bas de son portrait d'une ligne bienveillante. L'arête de son nez n'était pas très proéminente, cependant, elle en dessinait clairement les contours délicats. Ses yeux ronds renvoyaient une expression tendre et attentionnée. C'était un garçon d'une grande gentillesse. Il ne faisait pas partie des bagarreurs, encore moins des fauteurs de troubles. Il ne se préoccupait pas des autres, des gardes rouges. Il faisait ce qu'il avait à faire et sans être un rebelle, il ne prit pas part aux actions de certains de ses camarades pour combattre les idéologies bourgeoises diffusées par la classe intellectuelle décadente.

L'été, il capturait des grillons qu'il gardait précieusement dans des petites boîtes en osier tressé composées de deux parties : un ventre bombé constituait le corps de la boîte et un petit couvercle, juste posé, la refermait. Dès que la saison estivale commençait, il partait à la chasse aux grillons. Dans ces années, encore à l'abri des méfaits d'une pollution dévastatrice, ces minuscules insectes peuplaient les espaces urbains envahis d'herbes sauvages folles. Il suffisait de se baisser et de fouiller les jungles de pissenlits pour tomber nez à nez avec ces animaux musiciens. Nul besoin de pièges, ni de quelconques accessoires. La main enfantine se posait rapidement, mais très précautionneusement sur l'être convoité, se refermait en un poing lâche qui approvisionnait raisonnablement en air la créature devenue prisonnière. Ensuite, il ne restait qu'à placer l'animal dans la petite corbeille d'osier, dont les croisillons permettaient de le contempler. Notre chambre en était remplie. Parfois, pour l'embêter avec ma sœur cadette, nous relâchions les criquets dans le jardin. Il en était furieux. Ce que nous pouvions être taquines et pestes. Il nous courait après, dans l'espace si réduit de la maison, dans la cour, et quand il nous attrapait, il nous maintenait immobiles, par la seule force de ses bras. Il ne nous frappait pas. Il avait bien retenu la leçon de mon père : il se comportait comme un vrai homme doit le faire, c'est-à-dire ne jamais lever la main sur une femme. Il prononçait juste ces mots :

« Dis que t'as perdu ! Avoue que t'as perdu ! »

Et nous avouions, vaincues :

« Ah ! C'est bon, j'ai perdu, j'ai perdu ! »

Après quoi, nous devions l'aider à retrouver de nouveaux grillons. Ma mère ne se mêlait que très rarement de nos disputes. Elle laissait faire. Elle n'intervenait seulement qu'en juge suprême lorsque les conflits prenaient de l'ampleur. Or, avec mon frère, les conflits ne s'envenimaient jamais. Il avait la sagesse et la clairvoyance des aînés. Il ne faisait pas cas de nos querelles puériles. Sauf bien sûr quand il en était le sujet principal.

Il est vrai que ses grillons m'agaçaient fortement. Ils jouaient de leurs pattes en continu ce qui dérangeait mes lectures.

« Grigrigrigrigrigri… », faisait leur mélodie crispante.

J'ai, après sa disparition, regretté tant de fois mes agissements égoïstes. Combien de minutes perdues j'avais passées pour élaborer des plans afin de me débarrasser de ces bestioles ? Combien de peines déguisées en vengeance s'étaient immiscées dans notre relation ? Je ne cessais d'y penser, ce jour où les camarades de l'usine vinrent nous annoncer la triste nouvelle. C'est terrible comme la mort a tendance à diffuser, lors de son passage, cet atroce sentiment de culpabilité qui nous ronge tout au long de notre existence. C'est comme si elle avait mis son dévolu sur l'esprit innocent et ingénu de nos jeunes années pour le remplacer par une profonde douleur qui allait établir résidence dans nos cœurs meurtris à jamais.

En ce début des années soixante-dix, les jeunes se devaient de rendre des services à la nation. Certains avaient été envoyés dans les campagnes les plus reculées pour aider à l'éducation de la masse paysanne et apprendre du même coup, le travail physique et manuel qui conduisait l'esprit à une purification saine et débarrassée de la menace intellectuelle bourgeoise qui rôdait sournoisement toujours parmi les éduqués. D'autres remplissaient des fonctions telles des missions d'ordre militaire, de contrôle et de surveillance de lieux et de points clefs autour de certaines usines, des lignes de chemin de fer, à proximité des entrepôts de ravitaillement. Mon frère n'était pas parti à la campagne. Il aurait dû car étant le premier de la fratrie, son sort était voué au sacrifice de l'éloignement, et ce, pour le bien de la nation. Seulement, il était également le seul garçon d'une famille monoparentale. Il avait donc bénéficié d'un avantage. Il n'était donc pas parti, mais avait tout de même été engagé dans des tâches de contrôle nocturne.

Le soir où cela arriva, nous entrions dans l'hiver. La neige n'avait pas encore revêtu les jardins et les chaussées de son épaisse couche glaciaire. Le soir, nous avions mangé du chou sauté agrémenté de quelques miettes de bœuf haché. Sous le coup du rationnement, la viande ne constituait pas l'essentiel de notre alimentation. Avec seulement quelques centaines de grammes par personne et par mois, il était impossible de déguster de la viande à tous les repas de manière satisfaisante. Nous nous disputions toujours les plus gros morceaux. Dans sa grande impartialité, ma mère veillait à ce que personne ne soit dépourvu et que nous bénéficions chacun de la même quantité. Mon frère n'était pas exclu du partage. Il n'était pas avantagé ni par son appartenance à la gent masculine ni par son âge. Ma mère pensait que chaque âge avait des besoins équivalents et que la part de viande de chacun devait correspondre à ces besoins. Fille ou garçon cela était égal. Elle regretta par la suite cette intransigeance. Elle aurait aimé chérir ce fils si tôt disparu, pour lui offrir une vie un peu plus privilégiée, étant donnée sa durée précocement avortée. Voyez encore et toujours cette terrible culpabilité, compagne sadique de la mort qui stagne dans votre pensée et qui l'abreuve de mélancoliques regrets !

Deux bols de riz et du chou parsemé de viande dans le ventre, mon frère quitta le foyer en nous saluant simplement de la main. Ce fut la dernière fois que nous le vîmes en vie.

Il se rendit dans un premier temps chercher son camarade qui habitait dans la ruelle d'à côté. Tous deux prirent la route principale qui descendait jusqu'à la *danwei*. Ils entrèrent et se changèrent. Ils portaient alors l'uniforme militaire habituel que tous les jeunes gens de notre âge se devaient de revêtir au quotidien. Bien emmitouflés dans leur gros manteau kaki au col à rabats recouvert d'une fourrure brun foncé, ils prirent un fusil à l'épaule et s'en allèrent à pied, en direction de la ligne de chemin de fer dont ils avaient la surveillance cette nuit-là. Il s'agissait d'une ligne qui servait au transport de marchandises. À certains passages, elle était bordée de part et d'autre de murs qui la serraient de près. J'ai longtemps imaginé cette nuit dans mes rêves éveillés. Pendant les années qui ont suivi le drame, mon cerveau n'eut de cesse de manipuler cette nuit d'horreur dans tous les sens. En pensées, en rêve, cette nuit hanta mon entière adolescence de cauchemars, d'angoisses et de terreur. Rien qu'à son évocation les larmes emplissent mes yeux de leur voile liquide de deuil. Je le vois, marchant côte à côte avec son compagnon.

L'air glacial du soir violentait leur visage juvénile encore imberbe. Leur jeunesse envoûtait leurs pas d'une assurance sereine comme si rien ne pouvait leur arriver. Leur arme pendue dans le dos, ils discutaient, riaient peut-être. Leur attention se focalisait sur leurs exploits sportifs. Mon frère faisait partie de l'équipe de basketball de la *danwei*. Il était très bon. Sa taille l'avantageait et il remportait de nombreuses rencontres amicales. Certaines filles le regardaient en secret, se projetant déjà à son bras dans un parc fleuri au printemps. Les amours précoces étaient formellement interdites. Les jeunes devaient se concentrer sur leurs tâches politiques et professionnelles. Il fallait être un bon élément, pur de toute tentation charnelle. Le parti n'autorisait le mariage qu'à un âge avancé – après la vingt-cinquième année pour les filles et deux ou trois ans plus tard pour les garçons. Il était alors hors de question de consommer un quelconque amour physique. Même le fait de se prendre la main était signe d'un dévergondage passible des plus atroces humiliations. L'amour nous était prohibé. Ces années ont dressé des générations ignares en matière d'éducation amoureuse. Mon frère était un beau garçon qui ne s'intéressait pas aux filles, je crois. Enfin, je n'en suis pas sûre. Tout cela était tellement honteux et tabou. Comment aurais-je pu connaître l'intimité de ses songes.

Les voilà donc, ces deux jeunes gens, se promenant avec insouciance en direction de leur fin inéluctable. Les lampadaires jaunâtres éclairaient d'une lumière diffuse le chemin métallique dont les barres horizontales mimaient les échelons d'une règle vertigineuse. Quand ils arrivèrent au lieu problématique où le parcours devenait pris au piège entre un mur de pierre et un grillage ferreux, un train passa à toute vitesse, les percutant de plein fouet sans qu'ils n'aient eu la moindre opportunité de lui échapper. Entendirent-ils le vrombissement sourd de la machine lancée à toute allure ? Sentirent-ils les barres métalliques vibrer, trembler sous leurs pieds ? Essayèrent-ils de fuir en courant vers l'avant de toute leur force ? Eurent-ils conscience de la mort approchante ? Tant de questions que je me posai alors sans pouvoir y apporter de réponse.

Cela se passa au petit matin. Nous fûmes sorties de notre sommeil par la venue d'un jeune homme. Il pleurait. Dès qu'elle lui ouvrit la porte, ma mère sentit qu'un drame s'était produit, mais elle ne pouvait pas imaginer une telle catastrophe.

« A'Yi [8], je suis désolé ! Ils les ont envoyés à la mort », dit le jeune dont les paroles se couvraient de pleurs.

Ma mère abasourdie, s'assit sur une des chaises en bois. Elle était encore en tenue de nuit, les cheveux dépeignés. Ses yeux écarquillés avaient été désertés de toute expression de peur. Il ne restait que de l'effroi dans ce regard vide et terrifiant. L'adolescent continuait son récit :

« A'Yi, je suis désolé ! Ils ont été envoyés sur le mauvais chemin de fer. »

On arrivait à peine à distinguer le sens des mots qu'il prononçait tellement les sanglots engloutissaient chacune des syllabes qui tentaient de s'extraire de sa bouche.

« Le train… Le train les a fauchés… »

Soudain, comme cette dernière phrase était parvenue enfin jusqu'à son entendement, ma mère poussa un cri déchirant qui allait malheureusement fixer pour un bon moment les débris éparpillés de cette nuit dans le puits le plus profond de nos mémoires. C'était un cri de douleur si épouvantable, qu'on aurait cru qu'elle s'était fait arracher un membre. C'était une part d'elle qui disparaissait à tout jamais. Un bout de son propre corps, de sa propre chair qui ne lui serait plus jamais rendu. Son visage se tordait, se déformait. Sa bouche semblait se distordre vers le bas comme si chaque extrémité désirait atteindre le bord des os de sa mâchoire. Ses yeux ne s'ouvraient plus. Ils demeuraient clos, plissés par la contraction de l'ensemble de la partie supérieure de son visage. Elle poussait des gémissements qui accompagnaient ses cris de désespoir. Aucun mot ne sortait de sa bouche. Même pas un « pourquoi » qui aurait déjà témoigné d'un signe de lucidité,

---

[8] Dans la langue chinoise, signifie Tante ; il s'agit d'une forme de politesse afin d'appeler une femme de la même génération que ses propres parents.

ou du moins d'une prise de conscience. Elle n'était plus un être raisonnable. Juste un être vivant touché par l'abomination fatale du destin. Elle pleurait de tout son corps qui semblait déverser sur lui-même la totalité de l'eau qu'il contenait. Elle ne s'essuyait pas. Les larmes, la morve, tout coulait abondamment dans un flux continu. Elle se repliait sur elle-même, la tête tombée entre ses jambes. Puis, elle se relevait d'un seul coup en la renversant à l'inverse vers l'arrière comme si elle voulait la décrocher de son cou par un mouvement brusque. Avec mes sœurs, nous pleurions également, mais l'effroi de la nouvelle était accentué par le spectacle de cette femme qui ne ressemblait plus à notre mère. Elle n'était plus cette femme forte, puissante, positive, à l'épreuve de toutes les difficultés. Elle était devenue monstrueuse. Une créature souffrante que la peine métamorphose en être à l'apparence transfigurée. Elle n'était plus elle-même. Elle n'était plus que l'incarnation de ce mal qui la possédait alors, un mal qui ne la quitterait que plusieurs mois plus tard. Nous la touchions, la caressions cherchant un regard rassurant. Or, rien chez elle ne nous renvoyait des signes empathiques du partage du malheur qui sont réconfortants dans de tels moments. Elle ignorait complètement notre présence. Seule au monde. Abandonnée à son sort. Son fils unique perdu. Elle restait là, sur sa chaise, comme une présence absente du monde. Elle me faisait penser à une chose, un phénomène qui n'existe pour personne si ce n'est pour la réalisation de son avènement, une bourrasque que la tempête livre sur les terres reculées du continent et qui met à mal les cultures et les habitations. Bien qu'elle soit la conséquence d'un phénomène météorologique, la bourrasque évolue indépendamment, soufflant ici et là, sans se soucier des catastrophes qu'elle produira sur son passage. À cet instant précis, ma mère ne se souciait que très peu de nous. Elle ne pouvait pas dissimuler ses larmes, ni son chagrin auquel nous assistions paralysées et démunies. Ce fut une des plus cruelles journées de ma vie. Néanmoins, le plus dur était à venir pour moi.

Ma mère était complètement tombée en dépression. Elle ne se nourrissait que très peu, fumait énormément, ne quittait pas le lit. Elle était incapable de surmonter cette souffrance. Il fallut alors continuer à vivre avec le souvenir de ce frère disparu, une mère alitée et de nouvelles responsabilités à gérer. J'étais maintenant devenue l'aînée. Comme pour assumer ce rôle avec toute la grandeur et l'hommage que je me sentais obligée de rendre à mon frère, j'endossai avec courage le statut de grande sœur, « poste » que j'allais honorer comme un frère. J'allais protéger mes sœurs et ma mère. On me fit arrêter l'école, et j'entrai dans une *danwei*, où le travail était plutôt agréable. Quant à ma mère elle n'alla pas travailler pendant une année. Une année qui fut aussi longue que triste. Tout s'abattait sur elle. À trente-six ans à peine, elle était divorcée et perdait son fils. Elle ne s'en remettait pas. C'était donc à moi que revenait le lourd fardeau d'organiser l'enterrement clandestin de mon frère.

Pendant la Révolution culturelle, la guerre contre l'opium du peuple, avait été renforcée. Ma famille maternelle est de minorité Hui, celle de mon père est Han. Etant donnée la situation politique, nous ne fûmes pas élevées dans le culte religieux musulman. En outre, même si ma mère avait lu le Coran étant enfant, elle n'avait jamais fait le ramadan, elle n'allait aussi jamais à la mosquée. Le seul culte qui demeurât encore effectif était l'interdiction de manger du porc, ou quelconque animal interdit par le dogme. Il y avait néanmoins d'autres rites moins courants, car liés aux événements particuliers qui surviennent dans une vie. Le décès et le culte funèbre en faisaient partie. Chez les Huis, contrairement aux Hans, nous enterrons nos morts. Or, le parti interdisait les enterrements et les rites funéraires associés sous prétexte qu'ils n'étaient que gaspillage et rituels bourgeois féodaux, mais aussi qu'ils éloignaient le peuple des choses essentielles. Les Hans étaient – comme cela se fait toujours – incinérés, seulement, ils ne pouvaient pas manifester leurs hommages au mort en brûlant les habituels objets de papier afin qu'ils accompagnassent le défunt dans l'autre monde. Tout était réduit à la plus grande simplicité. Quant aux autres minorités, tous les cultes étaient bannis sous prétexte d'altérer l'unité du peuple chinois. Le paradoxe des cinquante-six minorités reconnues par Mao Zedong, à la fois persécutées et mises au pas par le régime, se retrouvait dans les nombreuses interdictions qui sévissaient sur les rites culturels et cultuels. Pour la minorité Hui – mais aussi pour les chrétiens de Chine – il était interdit d'exposer sa foi, par conséquent, formellement exclu d'inhumer les morts. Ayant un père Han, nous n'étions pas tellement communautaires. Cependant, la communauté Hui a fait alors preuve d'une grande solidarité envers nous et m'a aidée à organiser l'enterrement clandestin de mon frère.

Ma tante connaissait un gars qui travaillait dans une usine confectionnant des bureaux servant dans les différentes administrations, services, et boutiques de la ville. Il y avait là-bas du bois. Beaucoup de bois. Et surtout, des chutes de bois. En deux nuits, avec des camarades fidèles, ils construisirent un couffin. Ou plutôt, une boîte. Mais nous étions déjà très contents de cela. Il fallut ensuite transporter le corps. Tout se fit la nuit, en cachette, avec l'appui, le soutien d'amis et de connaissances. Tous pleuraient notre malheur. Ils avaient aussi pitié de moi : j'étais si jeune, je n'étais qu'une gamine de quinze ans. Je partis donc avec eux, la nuit. Ils trouvèrent un véhicule, je ne sais plus par quel moyen. Puis nous roulâmes loin, vers le quartier Hui qui se trouvait à l'autre bout de la ville par rapport à notre maison. Nous arrivâmes dans une sorte de terrain vague qui jouxtait le cimetière musulman. Nous étions pratiquement collés au grillage de clôture. Il fallait faire extrêmement vite. Ils mirent le corps de mon frère meurtri et cassé dans son linceul et fermèrent le couvercle en tapant sur des clous. Ce fut à ce moment-là que nous commençâmes à creuser le trou. Le chagrin m'aidait paradoxalement à trouver la force pour cogner la terre de la grosse pelle qu'on m'avait tendue. C'était une opération très dangereuse. Si nous nous étions fait prendre, il aurait pu nous arriver les pires choses. Je creusais, mais mon dévouement acharné n'était pas très efficace. Symbolique, je dirais. Les hommes qui m'entouraient s'en rendirent rapidement compte. Avec une grande empathie, l'un d'eux mit sa main sur mon épaule, ôta la pelle de mes mains, me déplaça sur le côté. Je ne fis aucune remarque, aucun geste d'opposition. Je me plaçai sagement à l'écart, les regardant s'attaquer de plus belle à la terre solide de l'hiver. Je pleurais. Je ne pouvais m'en empêcher. La bise gelée de cette nuit macabre frappait sur mes joues mouillées. Mes larmes se cristallisaient sous le froid piquant, elles s'enfonçaient comme des petites aiguilles fines en perçant régulièrement la surface de la peau. La douleur physique venait soulager la souffrance de l'âme. Je la désirai plus forte encore, qu'elle violente ma chair jusqu'à ce qu'elle libère le sang chargé de cette peine incommensurable.

Il faisait très froid, comme je ne bougeais pas, mes pieds commençaient à s'engourdir. Je contemplai ce sinistre spectacle en maintenant la lueur de la lampe torche que l'homme empathique m'avait échangée contre la pelle. Au bout d'une heure à peine, tout était terminé. Nous remontâmes dans le véhicule. Ils me ramenèrent chez moi, à l'autre bout de la ville. Le trajet fut silencieux. Personne ne prononça un seul mot. L'absence de toute parole humaine avait renforcé le ronron de la voiture qui titubait sur les routes accidentées de la ville. J'avais arrêté mes sanglots. Je restai, le visage appuyé contre une vitre, regardant le paysage au travers. Ma tête était vidée. Aucune pensée ne venait s'y bousculer. C'était comme si elles avaient toutes ensemble quitté mon corps, emportées par la rivière de larmes que j'avais déversée sur le terrain vague. Je rentrai à la maison, le plus discrètement possible en prenant soin de ne pas éveiller ma plus petite sœur qui n'avait que sept ans. Ma mère pleurait dans son lit, ignorant toujours ce qui pouvait se passer dans le reste de la maison. Nous allâmes avec mes deux autres sœurs dans notre chambre. Je leur confiai où se trouvait le lieu de sépulture, nous pleurâmes ensemble, en silence.

Cela faisait deux jours que mon frère avait rendu son dernier souffle. Il n'avait pas eu le temps de connaître l'amour, ni les tourments qui enrichissent les vies de fêtes et de tragédies. Il n'avait pas non plus vécu intensément : il était né au milieu d'une Histoire qui refusait aux jeunes gens les passions et les désirs de la jeunesse. Toujours est-il qu'il avait vécu une vie d'enfant, simple et débordante d'insouciance. C'est ce dont j'essayais et j'essaie toujours et encore de me convaincre aujourd'hui.

J'ai dès lors pris pour habitude de me remémorer le passé en occultant les anecdotes qui le concernent. Pourtant, ma tentative de soustraire son image de ma mémoire ne fait qu'en raviver le fantôme.

Sa présence spectrale continue de hanter les reliques de mes souvenirs d'enfance.

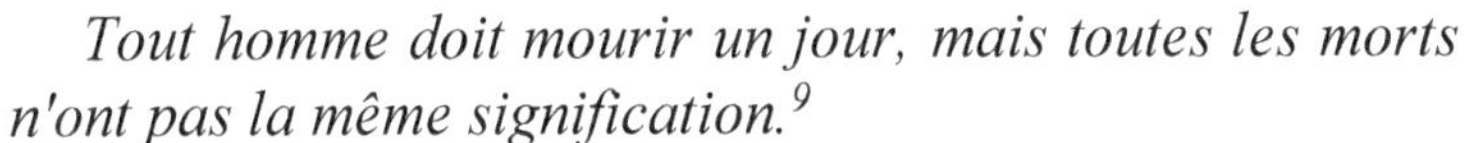

Tout homme doit mourir un jour, mais toutes les morts n'ont pas la même signification.[9]

[9] *Le petit livre rouge, Citations de Mao Zedong*, 1964 chapitre XVII. *Servir le peuple, « Servir le peuple» (8 septembre 1944), Œuvres choisies de Mao Tsétoung, tome III.*

CHAPITRE 5 甜暖的回忆
(Un souvenir doux et chaleureux)

Au début du XXe siècle, le pays connut des bouleversements incroyables, tant sur le plan politique que culturel et social.

Mes grands-parents étaient âgés. Ils avaient vu tous deux le jour sous l'Ancien Régime, à la toute fin de la dernière décennie du XIXe siècle. Ils étaient de confession musulmane d'origine Hui, la plus grande minorité ethnique du pays. Ils étaient issus de familles simples, artisans et ouvriers. Mon grand-père était un homme bienveillant, d'une douceur et d'une gentillesse incroyables. Il chérissait sa femme avec passion et attention. Ma grand-mère faisait partie des dernières générations de petites filles à avoir subi le sort esthético-tragique des pieds bandés. Ici, nous appelons ça communément « les petits pieds ». Elle avait enfanté cinq enfants. Malheureusement, seulement deux d'entre eux survécurent jusqu'à l'âge adulte : ma tante et ma mère. Elle avait déjà dépassé les trente-cinq ans lorsqu'elle eut ma mère, ce qui donna à cette dernière une relation singulière d'enfant chérie. Non pas que ma tante manquât d'attention, je ne le crois pas. Cependant, ma mère fut toujours considérée comme la petite dernière – ce qu'elle était par ailleurs. Elle bénéficia de l'indulgence due à son rang. C'est pour cette raison qu'elle ne fut pas éduquée dans un culte musulman strict et rigide. Elle ne fut pas obligée de se plier au jeûne du ramadan. Elle échappa également à la tradition du mariage communautaire : elle se maria avec un non-musulman, un Han. À cette époque, les mariages « mixtes » n'étaient pas des plus répandus. Surtout pour les femmes qui devaient quitter leur famille pour intégrer celle de leur mari. Vivre au quotidien avec des Hans, pour une jeune femme Hui, cela pouvait devenir un calvaire. En effet, les femmes ne pouvaient jamais savoir à l'avance comment elles allaient être traitées dans cette famille par alliance. Les histoires romanesques racontant les conflits et les maltraitances entre belle-fille et belle-mère sont nombreuses dans la littérature. C'était assez considérable dans ces années cinquante. Même si les femmes avaient été libérées de la domination masculine par le Parti communiste qui reconnaissait légalement leurs droits, elles quittaient à leur mariage le foyer familial pour intégrer celui de leur conjoint. Elles devaient ainsi vivre en compagnie de leurs beaux-parents et de leur belle-famille. Traditionnellement, ce modèle familial est toujours actif dans certaines régions, dans certains milieux sociaux. Néanmoins, cela est en train de changer considérablement, notamment dans les grands pôles urbains où les jeunes générations ne vivent avec leurs parents, seulement pour que ces derniers s'occupent des enfants.

Mais bon, en ce milieu du XXe siècle, les femmes quittaient ainsi leur cocon d'origine pour prendre place au sein d'une nouvelle famille. Ce n'était donc pas aisé pour une musulmane de s'intégrer dans une famille Han, dont la nourriture principale se composait de viande de porc, mais aussi où la graisse de l'animal remplaçait l'huile végétale dans bien des mets. Il y avait un risque. Et ma grand-mère, qui chérissait sa dernière fille, se faisait du souci. Elle était donc farouchement opposée à leur mariage, d'une part à cause de l'ethnie différente de mon père et d'autre part, parce qu'elle trouvait qu'ils avaient des caractères trop différents. Pour elle, ils n'allaient pas ensemble ! Cependant, elle s'inclina devant leur amour. Le sort fit que mon père était également le dernier d'une grande fratrie. Ses parents avaient disparu depuis déjà plusieurs années et il était entouré de sœurs et de frères qui veillaient sur lui.

Ma mère, bien plus jeune alors, fut accueillie comme une enfant dans la plus grande bienveillance. Elle pouvait rendre visite à ses parents quand elle le désirait et nous envoyait chez eux régulièrement. Par ailleurs, je l'ai déjà mentionné, nous vivions nos jeunes années dans leur petite maison douillette. Je n'ai pas vraiment de souvenirs de ma petite enfance. Le cerveau travaille à l'oubli des séquences inutiles dans la survie de son équilibre d'organe mature. C'est de cette manière que je préfère expliquer ces ellipses temporelles de la mémoire.

Mes grands-parents vivaient dans une petite ruelle exposée plein sud dont la luminosité journalière illuminait leur petite maison qui donnait directement sur la rue. Leur habitation ne se composait que d'une seule pièce d'une quinzaine de mètres carrés. Au fond, contre le mur, il y avait un *kang*[10]. Dès que nous passions la porte, ma grand-mère nous disait :

« Montez sur le *kang* ! »

Nous enlevions nos chaussures et courions en direction de la plateforme en hauteur. Il faisait bon. C'était une chaleur douce qui venait du bas, comme celle des chauffages au sol contemporains. Tout le corps s'en retrouvait réchauffé. Ma grand-mère n'avait jamais travaillé. C'était une femme au foyer dans la tradition du régime féodal que l'époque détestait tant. Ses petits pieds ne la handicapaient en rien. Elle était courageuse et besogneuse. Elle accomplissait sans aucune difficulté les tâches quotidiennes d'entretien de son logis. Elle allait munie de deux grands seaux de bois suspendus à une tringle qu'elle portait à même l'épaule, chercher de l'eau à la

---

[10] Construction composée de deux parties : une partie inférieure constituant un foyer dans lequel on brûle du bois sec ou du charbon, et une partie supérieure qui sert de lit.

fontaine la plus proche. Les images d'elle me reviennent dans un chaos d'émotions qui perdurent. Elle nouait ses cheveux en un chignon qu'elle portait bas. Pour ne pas avoir froid, elle doublait elle-même ses vêtements de fleur de coton. Elle cousait et tricotait très bien. Elle nous confectionnait des bas de laine pour l'hiver ainsi que des pantoufles brodées. Le tissu n'était pas facile à trouver pendant cette période de rationnement. C'est en l'observant que j'appris moi-même à tricoter et à coudre, ce qui me permit par la suite de perfectionner ma technique, réalisant ainsi de nombreux ensembles pour mes sœurs, ainsi que pour certaines de nos connaissances.

Un autre souvenir tendre survient tout à coup. Il est celui du gâteau du nouvel an. Il s'agit d'un pain confectionné avec de la farine de riz gluant et cuit à la vapeur. La texture est élastique, molle et très douce. Ma grand-mère savait que j'adorais ça. À chaque fois, qu'il était prévu que je me rendisse chez elle durant la quinzaine de jours qui marquait cette Fête du Printemps, elle me préparait avec toute l'affection des personnes âgées pour leur descendance, le mets délicieux dont j'avais hâte de me repaître. À peine avais-je bondi sur le *kang* qu'elle me lançait :

« Xiao Hua – c'était comme ça qu'elle aimait m'appeler – tu veux du gâteau de nouvel an ? »

Mon visage rayonnait de bonheur. Immédiatement, avant même que j'eusse le temps de lui répondre par une affirmative, elle me tendait le gros pot de sucre fin que j'attrapais à deux mains du fait de sa taille démesurée pour moi. Je repliais mes jambes en tailleur et je le coinçais bien au milieu de sorte qu'il ne pût pas glisser. Ensuite, elle me passait un couple de baguettes sur l'extrémité desquelles elle avait pris soin de planter un de ces gâteaux qu'elle venait tout juste de faire frire au wok. Je les trempais avec envie dans le bocal de sucre semblable à un pot de sable blanc, brillant aux rayons du soleil qui traversait la fenêtre donnant sur la petite rue ensoleillée. Leur croûte dorée croustillait sous mes petites dents infantiles. Légère, subtile, fine, elle succombait sous la pression de ma mâchoire. Une fois cette pellicule dentelée, brisée par la force de mes molaires, j'atteignais le cœur moelleux, chaud et dégoulinant. Le sucre se mélangeait tranquillement avec la pâte collante en une fusion réconfortante. Je n'ai jamais connu rien de plus rassurant que la mémoire de ce gâteau de nouvel an cuisiné par grand-mère lors de la Fête du Printemps. J'y repense tous les ans. Quand je réalise aujourd'hui ces petits desserts craquants et que je les partage avec ma propre descendance, je songe avec nostalgie à ce bonheur innocent et simple du passé.

Ma grand-mère avait donc les pieds bandés. Étrange pratique qui visait à mutiler le corps des petites filles dans le but qu'elles se plient à l'âge adulte à des critères esthétiques tout aussi arbitraires que contraignants. C'était pour nous un véritable mystère. Éduqués par l'école du Parti Communiste, tout ce qui faisait partie ou portait les stigmates de l'Ancien Régime féodal ou bourgeois, était violemment critiqué. Tous ces signes ostentatoires d'esclavagisme, constituaient les restes maléfiques d'une société où la masse du peuple avait été opprimée par des castes dirigeantes égoïstes et avares. L'anéantissement de ces stigmates était une priorité de la nouvelle ligne lancée par Mao Zedong. Ainsi de nombreuses personnes se sont retrouvées persécutées, violentées, tuées par les fameux gardes rouges. Mes grands-parents n'étaient pas des personnages dangereux pour l'établissement du nouveau projet politique. Ils ne faisaient pas d'histoires. Le fait que ma grand-mère incarne par ses pieds déformés l'image d'un temps révolu et condamné, n'a pas du tout excité la colère des jeunes prolétaires révoltés. Je crois tout simplement qu'elle était perçue davantage comme une victime de la féodalité plutôt que comme un élément actif contre-révolutionnaire. Et c'était une réalité. Elle n'y pouvait rien. Elle avait subi la maltraitance physique d'un culte voué à la beauté qui n'était en fait qu'un moyen discret de limiter davantage la liberté des femmes. En contraignant le corps, les mouvements se restreignaient à l'essentiel et surtout empêchaient toute possibilité d'aisance. Restreindre les mouvements du corps, c'était en effet restreindre la liberté de celui-ci à aller et venir. C'était contrôler l'accès à l'extérieur de ces femmes, contrôler leurs rapports avec d'autres, c'était les enfermer dans la cage dorée et confortable du foyer, cloisonnant toute possibilité de connaissance et d'acquisition du savoir par l'expérience vécue au contact d'hommes et de femmes étrangers au cercle familial. Le destin des femmes était de faire un bon mariage et pour cela, il fallait être belle ou riche. La beauté a toujours été l'ascenseur social des femmes pauvres, que la montée se fasse dans la souffrance comme dans la clémence. Du coup, quoi de plus naturel pour les familles peu aisées que de pratiquer cette atrophie esthétique sur leurs petites filles ! C'est une position que l'on peut comprendre sans la défendre. Je n'ai pour ma part jamais vu les pieds nus de ma grand-mère. Elle prenait soin de ne jamais enlever ses chaussettes blanches qui dissimulaient dans le plus grand secret cette partie de corps comprimée. Même mon grand-père n'avait jamais pu voir le moindre de ces petits orteils renfrognés. Pour la toilette, elle se dissimulait derrière un rideau de fortune qu'elle tendait d'un bout à l'autre de la chambre. Puis, elle remplissait d'eau bouillie la bassine métallique couverte d'une peau en céramique. On entendait de l'extérieur les bruits du tissu qui glissait contre la peau lorsqu'elle se défaisait de ses chaussettes. Ensuite, venait le son des claquements de l'eau qui cognait contre la bassine :

Clap ! Clap !

Après, elle s'essuyait grâce au carré d'éponge préparé par grand-père sur le rebord du kang, enfilait une paire de chaussettes propres et ses souliers de coton. La fin du rituel s'achevait par le décrochage du rideau et le nettoyage de la bassine dont l'eau était jetée devant la porte, et qu'un rinçage à l'eau bouillie désinfectait.

J'aimais beaucoup ma grand-mère et mon plus grand regret consiste à ne pas avoir eu l'occasion de lui dire adieu. Elle a quitté le monde des vivants alors que jeune maman, je me retrouvais très malade, hospitalisée, atteinte d'une pneumonie. Je n'appris sa disparition que lorsque j'eus recouvré l'ensemble de mes forces. Ma tristesse fut grande et ma peine inconsolable pendant plusieurs jours.

Les larmes qui roulèrent alors sur mes joues creuses répandaient sur ma peau le parfum sadique de la mélancolie.

Défendre les intérêts des jeunes, des femmes et des enfants, secourir les étudiants qui ont dû interrompre leurs études, aider les jeunes et les femmes à s'organiser et à participer, de plein droit, à toute activité utile à la Guerre de Résistance et au progrès social, assurer la liberté du mariage et l'égalité des sexes, donner aux jeunes et aux enfants un enseignement utile.[11]

[11] *Le petit livre rouge, Citations de Mao Zedong*, 1964 chapitre XXXI. *Les femmes*, « Du gouvernement de coalition » (24 avril 1945), Œuvres choisies de Mao Tsétoung, tome III.

CHAPITRE 6 第二十一医院 *(Hôpital 21)*

Après la disparition de mon frère, on m'a enlevée de l'école du jour au lendemain ; il fallait pour moi remplacer ce corps travaillant qui ramenait tous les mois les dizaines de yuans salariales. Ma mère était vraiment dans un état dépressif grave. Il semblerait alors que les administrateurs de l'unité de travail aient eu pitié d'elle et par extension de moi. Je me rappelle le vieux Wang, le supérieur de ma mère à l'usine de cigarettes, prononcer ces mots :

« La pauvre sœur Zhang, son fils aîné, son seul fils… Il faut qu'on place Xiao Hua dans un endroit où elle pourra apprendre des choses ; elle est si jeune pour remplacer son frère… Quel drame ! »

Et il essuyait des larmes discrètes qui commençaient à rouler aux coins de ses petits yeux qui ressemblaient à des graines de tournesol. Tous les voisins, les camarades de l'usine, les connaissances, accompagnaient de compassion et de lamentations cette terrible catastrophe, notre catastrophe.

C'est comme cela que je me retrouvai projetée à la délivrance des médicaments de l'hôpital 21.

L'hôpital 21 était un petit hôpital de quartier où les soins dispensés étaient assez complets. Bien sûr, il n'y avait pas de grandes salles opératoires, ni de machines très perfectionnées. Mais on pouvait s'y faire soigner pour les grippes, pneumonies, et accidents du travail. Il y avait même un service d'obstétrique, et surtout un service réservé à la médecine chinoise traditionnelle. En ces temps de renouveau et de destruction de toute ancienne trace de tradition, la médecine chinoise basée sur une conception globale et empirique du corps n'avait pas été attaquée avec autant de véhémence que le reste de notre patrimoine ancestral. Une bonne chose pour le peuple et plus particulièrement pour moi, qui à peine âgée de seize ans, m'asseyais tous les jours derrière le comptoir vitré, et délivrais aux malades des ordonnances de remèdes préparés au préalable. C'était un travail très agréable, reposant même. On m'avait épargné le labeur de la chaîne, l'atmosphère polluée des usines de métallurgie, les bousculades entre jeunes gens découvrant les premiers émois amoureux. Je n'étais entourée que de personnes sages, des docteurs, des infirmières. J'étais la seule à ne pas avoir dépassé les dix-huit années de vie. Tout le monde s'occupait bien de moi. Tout le monde était aux petits soins. N'étant pas de la même génération que les autres, aucune tension de jalousie ne s'était introduite entre moi et les autres jeunes filles. J'étais en quelque sorte la petite sœur dont le destin tragique avait guidé les pas jusqu'ici.

Dans cette culture du héros qui hantait nos jeunes esprits fougueux, je représentais d'une certaine manière une figure singulière. On me pardonnait alors mon enfermement. Le visage que j'affichais au quotidien à cette époque ne s'offrait pas aux autres. Quand j'y repense aujourd'hui, je crois que j'étais moi aussi dans une forme, ou du moins, un état dépressif. Parents divorcés, famille en deuil, mère inconsolable… Cela faisait beaucoup à porter pour des épaules encore transpercées par les stigmates de l'enfance.

J'affichais donc une mine boudeuse, je ne parlais pas volontairement, et j'accueillais les patients de l'hôpital avec l'indifférence du mal-être. Parfois, mon supérieur me rappelait à l'ordre, me demandant de sourire un peu, de regarder les patients. Néanmoins, ces remontrances consistaient davantage en des conseils qu'en de véritables corrections. Il était toujours d'une grande bienveillance envers moi : il me laissait prendre des pauses dès que je le lui demandais, il me donnait des petits bonbons qu'il recevait de certains patients lors des mariages ou des naissances de garçons, et puis surtout, il voulait que je me forme à l'art de la médication. Il mettait à ma disposition les grands ouvrages qui regroupaient les différentes plantes, racines, aliments et produits utilisés dans la fabrication des médicaments. Les éléments se classaient par familles conçues à partir de leur appartenance aux cinq éléments ainsi que leur appartenance aux souffles yin ou yang.

La médecine, ici, est fortement liée à une représentation cosmologique du monde. Le corps est un élément du monde et en cela, il est traversé par les mêmes souffles. Un corps en bonne santé est un corps dont les différents composants s'équilibrent. A contrario, un corps malade est la conséquence d'un déséquilibre entre ces composants, ces souffles qui génèrent la vie de toutes choses. Ainsi, la maladie n'est jamais envisagée comme un phénomène isolé, mais comme la résultante de diverses influences internes et externes sur le patient. Le climat qui varie selon les saisons joue aussi un rôle important dans les causes de déséquilibre et par conséquent, aura une influence directe sur le remède correspondant. De plus, il faut ajouter à cela que tout ce qui entre en contact avec le corps a son importance dans ce rapport subtil entre équilibre et déséquilibre. C'est pour cette raison que la nourriture est maîtresse dans cet art délicat de la guérison et qu'elle nous relie de la sorte au grand mouvement de l'univers. Mais cela, nous n'en avons pas conscience. Il y a des habitudes, des savoirs et des acquis qui se transmettent comme ça, de génération en génération, sans que nous y prêtions une attention particulière. C'est en cela que réside sa véritable différence d'avec la médecine occidentale. Au lieu de considérer le corps seulement comme élément unique et singulier, la médecine chinoise prend à chaque fois en compte l'environnement du sujet malade comme potentielle source d'influence dans le déséquilibre initial. Toute la terminologie symbolique qui en découle n'est qu'une forme culturelle de représentation. Pour les Occidentaux, elle n'a fait que dénigrer et amoindrir le caractère scientifique et fondé de cette science en la rabaissant au rang de croyance. Il n'en est rien, et on l'observe aujourd'hui avec l'engouement des médecines occidentales pour cette façon phénoménologique de concevoir le corps.

Je lisais donc ces grands ouvrages, les livres posés sur mes genoux, sous le comptoir, en guettant d'une oreille l'arrivée du chef de service. Car je n'étais pas autorisée à lire pendant mes heures de travail. Je sais, la situation était paradoxale : mon supérieur hiérarchique me demandait de lire pendant mes heures de travail, alors que cela même était défendu. En fait, beaucoup de choses étaient défendues, mais tolérées si nous le faisions discrètement. Comme si la règle devait être là pour justifier qu'il y eût un cadre, un ordre commun, mais que les cas particuliers, les individualités pussent déroger à ces règles de manière quotidienne. Il suffisait de faire comme si… Je devais donc me cacher non pas de mon supérieur direct, mais du chef de service qui était censé faire respecter cette règle. C'était donc comme ça, entre deux ordonnances, que je découvrais ces connaissances merveilleuses sur le corps humain et ses secrets : les points d'acuponcture qui régulent la circulation des souffles yin et yang, les plantes médicinales, les aliments conseillés pour telle ou telle saison.

J'appris beaucoup de ces premières années passées à l'hôpital 21. Moi qui adorais lire, je me délectais de ces descriptions, définitions et de ces schémas qui expliquaient ces réactions de déséquilibre, d'obstruction de passage des souffles. Or, ma soif de lecture ne s'arrêtait pas là. Je n'étais pas très sociable, surtout au début, et je dévorais à loisir toutes sortes d'ouvrages. À cette époque, les livres subissaient un contrôle drastique quant à leur impression et diffusion. Un grand nombre d'œuvres littéraires du passé avait été désigné comme ennemis du peuple et de la révolution. Selon la nouvelle direction politique, elles reflétaient l'établissement du monde féodal qui avait plongé le pays dans l'esclavage des classes populaires par la classe dirigeante et capitaliste de la noblesse et de la bourgeoisie. Elles favorisaient le pervertissement des masses en mettant en scène des intrigues impures, où les héros succombaient à de sombres histoires d'amour entre gens de cour, et où les guerres n'étaient qu'une excuse pour des dirigeants indignes de renforcer un pouvoir despotique sur un peuple toujours plus faible et affamé. Seuls certains auteurs s'étant engagés et impliqués activement dans la lutte communiste recevaient régulièrement les louanges du parti, tel Lu Xun dont les écrits n'ont jamais été censurés. Cependant, et là encore réside le mystère de la puissance d'organisation et de résistance d'un peuple soumis par la force, d'autres livres circulaient. Je ne sais pas si c'est une particularité chinoise ou si cela est commun à tous les régimes où le pouvoir est exercé par un parti unique et où la moindre opposition est éradiquée. En tout cas, ici, cela a toujours fonctionné comme ça. La censure n'a jamais empêché la circulation parallèle d'œuvres interdites. Nous eûmes dans les années 80 et 90 les K7 et les CD importés et percés par les douanes ainsi que les DVD gravés au début des années 2000. C'est de cette manière qu'une grande partie de jeunes gens découvrit la culture musicale et cinématographique occidentale, toujours interdite officiellement sur le territoire.

Dans cette première moitié des années 70, les œuvres prisées par la jeune génération dont je faisais partie, étaient littéraires. Bien qu'ils fussent interdits, les ouvrages censurés ne furent jamais détruits. Ils étaient précieusement conservés dans des réserves fermées à clef et précieusement gardées par des cadres du parti. Cependant, certains de ces cadres ne devaient pas être si exemplaires, et heureusement pour nous, car des copies de ces œuvres interdites circulaient clandestinement entre les gens. Le premier copieur devait sans aucun doute prendre de gros risques. Je ne sais pas ce qui pouvait les motiver : l'amour de la littérature, l'argent gagné sous le manteau, ou cette espèce de sentiment héroïque qui vous inonde d'adrénaline lorsque vous accomplissez une tâche qui vous semble juste malgré son illégalité ! Pour sûr, il faut avouer que l'acte était héroïque. À partir de la première copie, les exemplaires se déclinaient, à chaque fois grâce à la patience et à la persévérance de quelques mains appliquées. Les copies étaient elles-mêmes copiées et ainsi de suite, provoquant une propagation des textes dans toutes les couches de la société (l'abolition des classes n'avait évidemment pas aboli la hiérarchisation des couches sociales entre cadre et ouvrier). Tout le monde lisait ces livres copiés, les cadres du parti ne pouvaient ignorer leur existence. Mais encore une fois, cela faisait partie de ces tolérances dont la clandestinité justifiait l'existence.

J'acquis ainsi de grands classiques de la littérature comme *Le rêve dans le pavillon rouge*, ou encore *Au bord de l'eau*. Je ne sais pas si les gens achetaient des exemplaires copiés. En ce qui nous concernait, nous les jeunes gens passionnés et curieux, nous nous les prêtions. Il suffisait que l'un d'entre nous eût accès à telle œuvre, pour que le murmure de la détention de ce trésor convoité circule de bouches empressées à oreilles attentives. Dès qu'une personne venait d'achever le livre, elle en conseillait la lecture à un autre et ainsi de suite, le texte passait de main en main. Il fallait faire tout de même bien attention, car il ne s'agissait pas de se faire prendre avec le livre condamné dans son sac cabas ou dans sa poche. Nous les lisions en cachette, généralement le soir, sous la couette de coton qui couvrait les lits de cette époque. J'avais de la chance, car la fenêtre de la chambre où nous dormions donnait sur le réverbère de la rue. Même après l'extinction des feux par ma mère, je pouvais continuer à lire les pages éclairées par cette lumière providentielle que me fournissait gentiment l'électricité pourvue par le parti. Il m'arrivait parfois d'achever un ouvrage dans la nuit. Je ne m'en lassais pas et j'aurais pu dévorer de mes yeux affamés une bibliothèque entière si j'en avais eu les clefs.

Je n'ai jamais autant lu de ma vie qu'en ces années où la lecture non-révolutionnaire était profondément et violemment bannie. En rédigeant ces lignes, je pense tout à coup au destin : ma vie aurait peut-être pris un autre tournant si j'avais continué à lire au lieu de me contraindre à jouer le rôle social qui fut le mien par la suite. Je n'aurais peut-être pas abandonné l'idée de passer l'examen du baccalauréat, j'aurais peut-être été professeur. Le bilan n'est pas facile à faire. Ce ne sont pas des regrets, seulement des remords sur des choix que j'ai faits. Ainsi a été ma vie : dictée par ma condition familiale ouvrière, ma condition de femme, ma condition de rien.

Il faut que nos écrivains et nos artistes s'acquittent de cette tâche, il faut qu'ils abandonnent leur ancienne position et passent graduellement du côté du prolétariat, du côté des ouvriers, des paysans et des soldats, en allant parmi eux, en se jetant au cœur de la lutte pratique, en étudiant le marxisme et la société.

C'est seulement ainsi que nous aurons une littérature et un art qui puissent servir réellement les ouvriers, les paysans et les soldats, une littérature et un art authentiquement prolétariens.[12]

[12] *Le petit livre rouge, Citation de Mao Zedong*, 1964 chapitre XXXII. *La culture et l'art*, « Interventions aux causeries sur la littérature et l'art à Yenan» (Mai 1942) Œuvres choisies de Mao Tsétoung, tome III.

CHAPITRE 7 怀女友 (Mauvaise fréquentation)

Quand je travaillais à l'hôpital 21, je m'étais petit à petit fait des amies. Ces filles étaient toutes plus âgées que moi et de ce fait, elles se confrontaient déjà à des histoires romantiques plus ou moins avancées. Aussi, elles venaient pour la plupart de familles de cadres ou d'intellectuels ce qui faisait une grande différence dans leur éducation et dans les mœurs auxquelles elles se livraient. J'étais alors très innocente et vierge de toute connaissance des choses de l'amour et je dois dire qu'elles n'ont, par les tourments qui agitaient leur vie, fait que retarder en moi la volonté de m'y intéresser. Ajoutant à cela, l'expérience négative de la relation conflictuelle de mes parents, je ne me trouvais nullement dans une position accueillante pour ce type de curiosités. Je faisais et je fais encore partie de ces femmes prudes et élevées dans la crainte des hommes, qui n'ont connu dans leur vie qu'un seul amant, non pas par choix, mais par soumission aux règles sociales de bonne conduite. Un amoureux, un mariage et un homme qu'on se coltine à vie : pour le meilleur et pour le pire, disent-ils dans les séries américaines.

Même quand j'eus quitté le poste à l'hôpital 21 pour me rapprocher de la maison, j'ai continué à les voir. Je passai de très bons moments avec ce groupe d'amies. Nous nous voyions le week-end, et cela, assez régulièrement. Nous allions nous promener au Parc sur l'Eau au printemps, lorsque les pruniers embellissaient leurs branches cornues de ces petites fleurs blanches et délicates que l'on voit partout sur les représentations picturales. La brise légère de la saison du renouveau, les faisait virevolter dans l'air embaumé de fraîcheur. L'herbe verdoyante reprenait des forces et vivifiait le paysage de sa présence remplie d'espoir renaissant. Nous marchions, main dans la main, en farandole, comme des enfants joyeuses et insouciantes dont les vingt ans projetaient les rayons immaculés de la jeunesse. Mes plaisirs étaient si simples à satisfaire. Après la balade, nous nous arrêtions pour acheter un soda à l'orange que nous sirotions avec gourmandise. D'autres fois, nous allions du côté du centre-ville où il y avait un marchand de glaces. Cela nous coûtait quand même une dizaine de centimes – ce qui n'était pas rien ! Ces petits plaisirs de rien du tout pouvaient ensoleiller un dimanche. En général, Xiao Mei venait me chercher juste après le déjeuner. Nous prenions nos bicyclettes, sortions du labyrinthe des petites rues qui encerclaient les maisons de briques. Un virage à gauche et nous roulions enfin sur la route principale. Il n'y avait alors que très peu de voitures. Certaines rues étaient encore constituées de terre battue et seuls les grands axes du centre représentaient des pistes cyclables dignes de ce nom. Ça filait tout droit. Les roues du vélo glissaient avec une douceur qui remontait jusque dans les reins. Pas de bosses, ni de cailloux qui auraient pu rompre la course effrénée de notre engin. Nous prenions le Pont de la Libération et continuions tout droit sur la Rue de la Libération jusqu'au quartier de Xiaobailou. Nous nous retrouvions devant le bâtiment blanc qui faisait un angle à 120 degrés. C'est là que nous mangions les petites glaces au lait dont nous nous délections tant. Je chérissais ces moments privilégiés de grande amitié que nous partagions alors. Nous rigolions, nous parlions de choses et d'autres. Et puis surtout, elles racontaient leurs aventures amoureuses qui me paraissaient très osées et libertines. Je ne savais même pas à l'époque comment on pouvait tomber enceinte. J'appris énormément de choses à leur contact.

Honghong nous raconta comment son amant se débrouillait toujours pour qu'ils puissent le faire chez lui alors qu'il avait une grande famille. Elle disait qu'il était obsédé. Ça nous faisait bien rire. Moi, j'imaginais tout un tas de choses que je ne pouvais pas me représenter étant donné mon niveau d'ignorance. J'écoutais et me contentais de penser que cela devait être affreux d'avoir un type constamment collé et désireux de se coller à votre entrejambe ! Honghong parlait avec une ouverture d'esprit et une liberté incroyables. Nous étions à chaque fois dans des lieux publics, nous faisions donc attention d'utiliser des métaphores, des codes que nous étions seules capables de décoder. Je me souviens du jour où elle nous décrivit la manière cavalière qu'il répétait à chaque fois que nécessaire. Il habitait, comme nous tous, dans une des dépendances de ces anciennes résidences des grandes familles bourgeoises. L'habitation ne se composait que de deux pièces qu'il partageait avec ses parents et ses trois frères. En général, il attendait que tout ce petit monde soit au travail pour aller chercher Honghong à la pause de midi. Ils entraient en catimini dans la maison et le faisaient sur le lit qu'il partageait avec son petit frère. Ça ne la dérangeait pas plus que ça finalement ; ce qui l'embêtait davantage était que son appétit sévissait aussi à d'autres moments de la journée, notamment le soir quand tout le monde était là. Mais lui, rien ne le gênait. Après le dîner, il demandait à tout le monde d'aller faire un tour, de dégager quoi, pour qu'ils puissent faire leur affaire. Du coup, tout le monde savait ce qu'ils faisaient tous les deux. Dès que les voisins voyaient le vieux et la vieille accompagnés de leurs trois autres fils, ils savaient que l'aîné avait ramené sa copine et qu'il avait foutu tout le monde dehors pour fricoter tranquillement. C'était assez incroyable au vu du fait qu'ils n'étaient pas encore mariés. Chez certaines familles, les mœurs n'étaient pas aussi prudes que chez moi. Il est vrai que le climat s'était beaucoup détendu après 1976 et la disparition de Mao Zedong. Mais cela n'était tout de même pas une ambiance familiale à laquelle j'étais habituée. Honghong a épousé son amant. Elle n'a pas été très heureuse. Il ne s'est pas bien occupé d'elle. Il privilégiait toujours ses propres désirs. Ils eurent un garçon en 1979.

Xiao Mei fut l'amie dont le sort tragique me fit le plus de peine. Nous nous revîmes dans les années 90. Elle n'avait toujours pas d'enfant. Elle contemplait mon fils déjà adolescent avec envie et tendresse. Nous discutâmes autour d'un café, au même endroit où nous nous rendions jadis, jeunes filles, mais cette fois-ci le glacier avait disparu. Il était remplacé par un restaurant occidental qui faisait office de salon de thé et café. Mon fils prit une glace comme à son habitude et ensuite alla jouer dans la salle d'arcades qui se trouvait à l'étage inférieur. Nous nous souvînmes du passé, de Honghong, des balades du dimanche, de sa belle maison.

Xiao Mei vivait dans une famille d'intellectuels. Son père était professeur à l'université reconverti en cadre du parti. Il avait su manipuler avec élégance les rouages du parti pour ne pas en subir les attaques révolutionnaires pendant la période de troubles. Sa mère était médecin. Elle était fille unique, ce qui était extrêmement rare. Elle habitait une maison bourgeoise dans le style colonial, au milieu de l'ancien quartier de la concession italienne. Cela n'était pas très loin de notre quartier. Chez elle, il y avait des objets que je n'avais jamais vus : un tourne-disque, des livres rares, des peintures pendues aux murs. Elle avait une chambre pour elle toute seule. À chaque fois que nous y allions, sa mère nous préparait des friandises qui venaient de Shanghai – je le savais parce que c'étaient les mêmes que j'avais mangées autrefois, plus petite, quand mon père partait en déplacement et qu'il nous les rapportait en surprise. Aller là-bas représentait, pour nous toutes, une fête ! Sa mère était très belle, elle sentait bon. Elle se vêtait à la mode de

Shanghai, portait en été des bas de soie transparente et ses jupes étaient faites sur mesure. Xiao Mei avait été éduquée dans une grande liberté de ton, ce qui était encore plus rare que tout le reste. Sa mère était complice et on sentait qu'elles pouvaient avoir des discussions très intimes ensemble. Quant au père, il donnait l'impression de l'aimer plus que tout au monde et lui passait ses moindres caprices.

Avec une bonne argumentation de sa part, ils auraient tout accepté d'elle.

C'est ce qu'ils firent : ils acceptèrent tout !

Alors que Honghong nous abreuvait des récits burlesques et drôles de ses aventures avec son amoureux fougueux, Xiao Mei vivait une histoire d'amour bien plus complexe et tourmentée. Sa mère avait réussi à la faire entrer à l'hôpital 21 en espérant qu'elle endosse comme elle, une carrière médicale. Comme pendant les années de tourmente, les universités furent fermées, les études étaient impossibles. Il fallait pour la jeunesse intégrer des services dans différents organismes qui dépendaient essentiellement des connaissances relationnelles dont pouvaient user les parents, et cela, en lien direct avec la catégorie sociale à laquelle ils appartenaient. Pour Xiao Mei, la chance due à sa bonne naissance avait déjà tracé pour elle un chemin illuminé d'un avenir radieux.

Il y avait un médecin à l'hôpital. Il s'appelait Zhang. Le Docteur Zhang était de treize ans son aîné. Il était marié et n'avait pas d'enfant. Il a commencé à lui faire des avances, comme cela se faisait souvent entre le maître et son apprenti du sexe féminin. Le communisme a beaucoup apporté aux femmes, il faut le reconnaître. Cependant, il est difficile de rompre d'un coup avec une tradition patriarcale qui remonte à des milliers d'années. Il était donc très courant que les maîtres abusent de leur autorité pour profiter des jeunes filles pures et timides. Ce n'était pas tout à fait le cas de Xiao Mei, qui n'était ni prude ni naïve sur les choses de l'amour. Toutefois, elle n'avait jamais eu d'amant et cela attirait beaucoup le Docteur Zhang. Il y eut des moments cachés, des rencontres dans la salle de consultation le soir, après que les femmes de ménage avaient terminé leur besogne. Elle nous confiait que ce qu'elle aimait chez lui était sa grande assurance, son côté rassurant de grand frère. Elle aimait aussi le caractère interdit, aventureux, très passionné et romantique de leur relation. Elle pensait alors à ces intrigues de cour que nous lisions dans les romans tabous. La discrétion, les rendez-vous secrets, les messes basses qu'ils entretenaient quotidiennement, la plongeaient dans une euphorie de plaisir inavoué. Un jour, elle vint me trouver après la sortie du travail. Je commençais à monter sur la selle de mon vélo quand elle se dirigea vers moi en criant mon nom :

« Xiao Hua ! »

Je m'arrêtai aussitôt et me retournai, l'apercevant haletant, courant dans ma direction. Elle n'avait pas l'air très rassuré. Elle semblait craintive, apeurée même. Nous cherchâmes un coin à l'abri des regards, juste devant l'usine où je travaillais dorénavant. Nous nous assîmes sur un banc qui demeurait isolé, déserté par les ouvriers pressés de rentrer chez eux. Elle baissait la tête comme si la honte l'empêchait de me regarder en face. Elle ne disait rien et conservait un silence prostré.

« Que se passe-t-il, Xiao Mei ? »

Elle leva la tête et fondit en larmes. Elle sanglotait et ses pleurs bloquaient sa parole.

« Eh bien, quoi ? Tu me fais peur là ! Qu'est-ce qui t'arrive ? »

Elle prononça ces quelques mots entrelacés de reniflements :

« Je suis enceinte. »

Une vague glaciale parcourut l'ensemble de mon corps. Pendant une seconde, je restai là, avec elle, figée comme pétrifiée par la nouvelle. Puis elle continua dans la lourdeur de mon mutisme :

« Docteur Zhang veut me faire avorter ; j'ai peur ! »

Je ne trouvai rien d'autre à faire que la prendre dans mes bras, lui caressant les cheveux pour tenter de calmer ses pleurs. Nous restâmes comme ça, toutes les deux, assises sur ce banc, devant l'usine, pendant une bonne heure. Je lui dis que si elle avait besoin de moi, je pouvais l'accompagner pour qu'elle parlât à ses parents. Je pouvais aussi être présente si elle décidait de se faire avorter. Elle pouvait compter sur moi, je serais son soutien. Tout s'arrangerait. Je prononçais ces phrases tout en sachant très bien que tout n'irait pas bien. Ce n'était que le début d'un long parcours de souffrance et de déshonneur.

Ce soir-là, je pensai beaucoup à elle. Elle ne revint pas me voir par la suite. Elle ne revit personne d'ailleurs. Docteur Zhang décida de la faire avorter clandestinement, un soir où l'hôpital était désert. L'opération s'était mal passée. Elle avait beaucoup souffert pendant, et après aussi. Il avait dû s'y reprendre à plusieurs reprises. Il était bien accroché ce petit bout de cellule. Le drame fut qu'elle garda des séquelles de cet avortement. Son utérus fut « abîmé ». Elle ne put enfanter à nouveau. Son Docteur Zhang qui avait tout fait pour rendre cette liaison secrète, avait renoncé à sa femme. Il ne voulait plus de cette femme infertile. Mais il ne voulait plus, non plus, de Xiao Mei qu'il avait rendue infertile, à cause de son manque de précautions hygiéniques.

Docteur Zhang était un beau salopard. C'est ce que je pensai au moment où Xiao Mei, devant sa tasse de café, me racontait la suite de cette histoire datant alors d'une vingtaine d'années. Elle avait rencontré par la suite un professeur d'université qui avait été touché par son récit et l'avait épousée. Il était très doux et très bon avec elle. Cependant, elle souffrait toujours de ce manque d'enfant, de cette impossibilité pour elle d'enfanter et m'enviait beaucoup. Elle enviait le caractère sérieux et naïf que j'avais autrefois. Elle enviait mon innocence et l'éducation rigoureuse que j'avais reçue. Elle parlait toujours de cet événement comme de la tragédie de sa vie. Pour elle, trop de liberté l'avait conduite à un comportement aventureux et peu sécurisant. Elle s'était mise en danger. Tout ça pourquoi ? Pour un homme qui n'avait même pas assumé ses responsabilités. Elle se consolait pourtant en jubilant lorsqu'elle me racontait comment avait fini le Docteur Zhang. Il était mort il y avait une dizaine d'années déjà, d'une rupture d'anévrisme. Il était resté plusieurs jours tout seul, étendu sur le sol de son appartement, avant que quelqu'un ne vînt frapper à la porte et le découvrît nu, par terre, les yeux écarquillés, couvert de vomi séché, collé sur le visage et le cou.

« Une mort honteuse pour une honteuse personne !»

Elle aimait répéter cette phrase.

Elle insista pour payer l'addition. Nous nous quittâmes en nous jurant de ne plus laisser passer autant de temps entre nous. Nous nous fîmes des promesses :

« Au Nouvel An, c'est promis »

Je récupérai mon fils à l'étage du dessous. Elle monta dans un taxi et disparut en direction de la rivière.

Nous ne tînmes pas nos promesses.

Nous ne nous revîmes plus.

Naturellement, les jeunes doivent apprendre auprès des vieux et des adultes et s'assurer autant que possible de leur accord avant d'entreprendre toute activité utile.[13]

[13] *Le petit livre rouge, Citation de Mao Zedong*, 1964 chapitre XXX. *Les jeunes*, Note sur l'article : «La Brigade de choc des Jeunes de la Coopérative agricole de Production N° 9 du canton de Sinping, district de Tchongchan» (1955), L'Essor du socialisme dans les campagnes chinoises.

CHAPITRE 8 大地震
(Le Grand Tremblement de terre)

Il faisait très chaud cette nuit-là. La température était montée jusqu'à 38 °C la journée et avait bien du mal à redescendre au-dessous des 30. Nous partagions comme à l'habitude nos lits. Or, la lourdeur nocturne avait poussé ma deuxième sœur cadette à étendre une couette par terre, dans l'autre pièce. Elle avait décidé ça aux alentours de minuit. Elle s'était réveillée en sueur, avait enlevé la couette qui servait de couche sur son matelas de lattes dures, et l'avait déroulée à même le sol de béton. La fraîcheur du sol lui apportait le réconfort serein dont elle avait besoin pour se rendormir en paix.

Nous étions en plein mois de juillet, le 28 exactement.

Deux de mes sœurs allaient encore à l'école et étaient donc en vacances. À la maison, l'ambiance était joyeuse. Les filles n'ayant pas classe, elles pouvaient s'occuper des tâches ménagères, ce qui allégeait considérablement le labeur de ma mère. Ma sœur cadette venait juste de commencer à travailler à l'usine de textile, juste derrière l'école. Elle revenait à la maison tous les midis, et animait la journée des deux plus jeunes de sa bonne humeur. Quant à moi, j'avais vingt ans et vivais cette saison estivale portée par l'inconscience d'une brise délicatement juvénile.

Il n'était pas tout à fait quatre heures du matin, le 28 juillet 1976 quand cela arriva.

Toute la nuit, l'étouffante moiteur qui régnait dans l'ensemble de la petite maison m'empêcha de bien dormir. Je m'éveillais, me retournais, puis replongeais dans des rêves étranges. J'entendais par moments la respiration pesante de la benjamine qui n'avait que douze ans alors. Elle aussi ne trouvait pas le repos dans son sommeil tourmenté, qui alternait phases d'endormissement profond et légers soubresauts.

28 juillet 1976 – 3 heures 52 minutes – Tangshan – magnitude 7, 8 sur l'échelle de Richter[14].

La terre trembla violemment dans un vacarme épouvantable. Ce fut très soudain et très surprenant. Éjectées de nos songes en moins de deux, nous nous retrouvâmes, hurlantes dans la maison, complètement désemparées. La vaisselle et les vitres tremblotaient, et se brisaient à même leur place. Les livres sur l'étagère tombaient par terre. Un gros morceau de plâtre avait cédé sous le poids des tuiles de terre qui constituaient le toit. Il était tombé pile à l'endroit où ma deuxième sœur cadette avait son oreiller. Ce soir-là, si elle n'avait pas décidé au beau milieu de la nuit de changer de couche pour aller dormir par terre, dans l'autre pièce, cette plaque de plâtre accompagnée de tuiles aurait meurtri sa petite tête adolescente. Sa vie aurait, elle aussi, comme celle de mon frère, connu le sort tragique d'une existence avortée. La chance, le hasard, le destin – peu importe le nom que nous lui donnons – Ming 命 était de son côté ce soir-là. Prises par la panique, nos cris se chargèrent de pleurs. Ma mère criait :

---

[14] En fait, le chiffre de 7,8 est le chiffre officiel publié par le gouvernement chinois ; des experts ont évalué la magnitude de ce tremblement de terre gravement meurtrier à 8,2.

« Sortez ! Sortez ! »

Elle nous appelait les unes après les autres par nos prénoms comme pour vérifier si nous répondions bien à l'appel.

La terre trembla une vingtaine de secondes à peine. Dans ma mémoire, elles durèrent plusieurs minutes. C'est incroyable, cette flexibilité de la perception temporelle dans les moments de crise : les secondes deviennent des minutes, les minutes des heures, et les heures semblent s'allonger à l'infini.

Ma mère nous serrait contre son sein. Elle nous pressait si fort.

Le silence suivit les vibrations cacophoniques. Juste quelques minutes de mutisme durant lesquelles même le vent avait jugé bon de se taire.

Rien.

Cela m'avait paru si long – une éternité.

Puis, des cris jaillirent de l'aube dont la lueur se diffusait peu à peu. Des cris. Des cris qui venaient de la rue. Et aussi des bruits d'éboulis. Des sons de pierres, de gros cailloux qui se fracassent et roulent contre la terre, commençaient à remplir l'espace sonore. Nous nous regardâmes, avec mes sœurs, avec ma mère, avec les voisins.

« Vous n'avez rien ? »

Tout le monde répétait cette phrase sans s'arrêter. Puis, nous retournâmes à l'intérieur des maisons pour contempler l'ampleur des dégâts. Chez nous, ça allait. Évidemment, il y avait des trous dans la toiture. Évidemment, les objets tombés au sol étaient brisés. Mais nous n'avions rien. Et surtout, ma sœur venait d'échapper à la mort. Nous étions extrêmement soulagées en considérant ce qui aurait pu arriver. Évidemment, nous ne nous rendormîmes pas. Les responsables de quartier venaient aux nouvelles pour constater les pertes. Y avait-il des blessés ? Dans quel état étaient les habitations ? Il s'agissait pour l'administration de commencer à dresser des bilans : combien de blessés ? Combien de morts ? La ville entière ressemblait à un chantier géant. Des gravats, des ruines, parfois même des corps constituaient les nouveaux éléments du paysage. Tout le monde était abasourdi. Il y avait de la poussière partout. Tout se passa si rapidement et à la fois si lentement. C'était comme si nous évoluions dans une bulle temporelle dans laquelle la durée était ralentie, tout en conservant pour le reste du monde sa cadence normale. Il y avait des soldats partout. La première chose que nous avons faite était d'aller voir mes grands-parents. Heureusement, ils n'avaient rien. Nous nous assurions que les proches, les collègues, les amis n'avaient rien. Dans notre entourage, aucune victime grave. Ce ne fut pas le cas de toutes les familles. Ce tremblement de terre fut l'un des plus violents et des plus meurtriers de notre histoire.

À sept heures du soir, une réplique presque aussi forte retentit. Et les murs vacillèrent de nouveau. Ce fut un deuxième coup dur pour la population. Les habitations qui avaient résisté cédèrent à cette nouvelle attaque de la terre qui provoqua encore une fois son lot de déchirures macabres.

Le paysage autour de nous avait bien changé en peu de temps : les routes éventrées par les tiraillements terrestres formaient sur le sol des gouffres dans lesquels s'enroulerait comme un ruisseau l'eau boueuse et collante de la pluie qui survint quelques jours plus tard.

Cependant, la terreur des répliques rodant, il ne fallait pas sombrer dans le désespoir. Surtout, que dans notre cas, nous ne connaissions pas de victimes graves directement.

Très vite, les jeunes hommes ont été sollicités pour la mise en place de l'aide à la population et des secours. Accompagnés de l'armée, ils étaient affectés à des tâches bien définies. Certains s'occupaient de monter des tentes, des lits d'appoints, des couchages dans les rues afin que les gens ne passassent pas la nuit dans leur logement. Le gouvernement craignait encore d'autres répliques de secousses. Il demandait donc à l'ensemble de la population de camper à l'extérieur afin d'éviter de nouveaux drames d'écrasement dus aux effondrements des bâtiments. On délivra donc des grandes bâches de plastiques vert et bleu à la population. On tendit des tentes de fortune composées de tasseaux de bois et de ces bâches, et parfois même composées d'un mélange de draps et de recouvrements étanches. L'important était de répondre à l'urgence. Nous faisions partie des familles reconnues dans le besoin : ma mère était "un parent isolé" avec quatre jeunes filles non mariées. Elle était aussi ouvrière, ce qui la plaçait également dans une position qui lui valait une certaine reconnaissance. Nous étions donc prioritaires. Des jeunes vinrent donc dresser une tente kaki : quatre murs et un toit pyramidal. À l'intérieur, nous avions rassemblé quelques affaires utiles : bassine pour la toilette, vêtements, ustensiles de cuisine. Il y avait également trois lits de camp pour nous cinq. Ma mère avait le sien, et nous partagions les deux autres. Le travail ne fut pas interrompu. Nous continuâmes notre vie comme si de rien était. Ou plutôt, nous étions dans un état d'esprit de grand soulagement. Finalement, les dégâts n'étaient que matériels et de ce fait les désagréments que nous gérions au quotidien n'étaient que superficiels. Nous acceptions notre sort avec beaucoup d'humilité et comme il était ainsi, nous nous y pliions avec une insouciante obéissance à la situation. Je ne me rappelle pas avoir vécu cette période avec souffrance. Certes, il était ennuyeux de ne pas pouvoir retourner vivre dans notre maison. Cependant, il y avait comme un air de renouveau et de liberté qui emplissait nos jeunes cœurs. Il y avait quelque chose presque d'amusant dans ce camping géant. Comme il y avait constamment de petites répliques, il était interdit à la population de retourner dans certaines habitations. Nous restâmes comme cela pendant plusieurs mois. Il faut imaginer une rue occupée entièrement de tentes multicolores, serrées les unes contre les autres, recréant des passages minuscules entre elles. Ce lieu de passage qu'était la rue devenait lieu d'habitations, pendant que les quartiers d'habitations nous permettaient de circuler. Et puis la vie dans les tentes réduisait encore plus l'intimité, car même si ces maisons de toiles empêchaient la visibilité de ce qui se passait dans leur intérieur dissimulé par l'opacité de leurs parois, elles ne contrôlaient en rien le bruit qui s'en échappait. Ainsi, nous entendions tout. Rien ne pouvait être tenu secret. Nous entendions les disputes de couples, les réconciliations sous la couette, les flatulences et les pleurs des nourrissons. Nous vécûmes ainsi pendant plusieurs mois, toujours à cause de cette crainte des micro-répliques.

La vie continuait donc.

Nous nous rendions au travail tous les jours. Ma bicyclette sautait sur les marches formées par les petites crevasses dans la terre. Toute la jeunesse était en émoi. Cette grande promiscuité d'une existence légère et ouverte sur l'extérieur, semblait avoir encouragé une certaine libération des comportements et des mœurs. Attention, il ne s'agissait en aucun cas d'une libération à proprement parler. Plutôt d'une facilité des rapports entre filles et garçons qui se retrouvaient non plus isolés dans leurs foyers respectifs, mais réunis par cette proximité nouvelle. Avec toujours beaucoup de retenue pudique, les liens se faisaient plus rapprochés, plus intimes aussi. Des amitiés naissaient. Des jeux de drague aussi. Là encore, c'est avec une grande précaution qu'il faut comprendre ces mots. Il ne s'agissait en rien de ce que connaissent les jeunes gens d'aujourd'hui. À l'époque, saluer une fille était déjà une façon de l'aborder et de lui montrer qu'on s'intéressait à elle. C'était déjà un engagement et cela n'avait rien d'anodin. Bien sûr, il y avait des jeunes hommes qui embêtaient les filles en faisant tomber leur vélo, en leur touchant les nattes, en leur disant des phrases déplacées. Ceux-là faisaient partie des voyous. En ce qui concernait les jeunes gens plus sages, ou du moins bien élevés, le seul fait de tenir la main d'une jeune fille symbolisait un engagement telles des fiançailles.

Je ne fus pas épargnée par cette brise amoureuse qui soufflait sur cette génération d'enfants qui s'amusaient d'un drame aux conséquences si terribles. Nous n'en avions aucunement conscience. Nous ne savions pas les affreuses pertes matérielles et surtout humaines qui avaient plongé la ville de Tangshan dans un cauchemar sans nom. Le pays était replié sur lui-même. Et il en était de même pour chaque répartition territoriale. Les villes étaient repliées sur elles-mêmes. Dans les villes, les quartiers étaient repliés sur eux-mêmes. Dans les quartiers, les *danwei* étaient repliées sur elles-mêmes. De sorte que nous ne savions jamais, ou rarement, ce qu'il se passait à l'extérieur de la zone familière dans laquelle nous évoluions au quotidien. Comment aurions-nous pu deviner la catastrophe que subissaient les populations du Hebei ? Comment aurions-nous pu concevoir ni même imaginer les pertes humaines, la détresse, ou la désolation ?

Nous ne connaissions personne de mort pendant le tremblement de terre, et nos vies ne s'en trouvèrent pas plus dramatiques. L'école reprit à la mi-août. Elle se faisait à même le trottoir. Ma mère se rendait à l'usine comme à son habitude. Elle alternait les semaines en travail de jour et travail de nuit. Ma deuxième sœur reprit son poste à l'usine de textile. Malgré le chahut environnant, nous étions heureuses. Je ne le savais pas encore, mais ce fut l'année où je rencontrai l'amour.

Vers le mois d'octobre, alors que l'automne apportait dans ses valises les prémices du froid à venir, le gouvernement dépêcha de jeunes ouvriers à l'organisation des réparations des habitations. Les jeunes gens venaient consolider des charpentes, remonter des murs, poser des tuiles. Chez nous, les dommages étaient assez réduits. Il n'y avait que la toiture à refaire. Je connaissais Daqiang de la *danwei*. Il était ouvrier électricien de l'usine dans laquelle mon père venait de me faire entrer. Il était grand, mince et élancé. Sa peau blanche contrastait avec le noir de ses sourcils épais et le rouge de sa bouche charnue. Ses grands yeux ronds reflétaient une intelligence fine et rapide. Il était jeune, mais avait déjà des ouvriers sous ses ordres. Étrangement sûr de lui, il semblait ne rien craindre, comme invincible. Il fumait des cigarettes comme tous les jeunes gens de son âge. Mais les siennes étaient les plus chères qui se vendaient à l'époque. Je me rappelle penser de lui qu'il n'était pas du tout un bon parti : il mangeait tous les jours à la cantine de l'usine, n'apportait jamais son repas dans les petites boîtes métalliques que les enfants de familles aux revenus modestes trimballaient chaque jour. Bref ! Au départ, je n'étais pas du tout intéressée par ses avances. Je le trouvais si prétentieux, trop sûr de lui. Et puis, il était d'ethnie Han, comme mon père. Et ça, ma mère ne l'aurait jamais accepté. Il était de deux ans mon aîné et s'était mis en tête de me conquérir. Il s'arrangea pour faire partie de l'équipe responsable des réparations de notre maison. Il voulait montrer à quel point il savait se rendre serviable et efficace aux yeux de ma mère. Or, au lieu de mettre la main à la pâte, il donnait des ordres aux uns et aux autres comme un chef de chantier. Je trouvais ça très masculin, très viril.

Ma mère trouva ça moins à son goût. Elle se demandait qui pouvait bien être ce jeune homme qui se comportait comme un grand responsable alors qu'il était tout juste sorti de l'enfance. Incapable de se servir de ses dix doigts, il n'était bon qu'à faire travailler les autres à sa place. Un fainéant ! Il lui fallut beaucoup de patience pour arriver à conquérir ma mère. Il prit le temps. Il s'acharna. Il arriva à ses fins. Ma mère céda. Il fallut attendre mes vingt-cinq ans pour nous marier, car en cette fin des années soixante-dix, la loi n'autorisait toujours pas le mariage des jeunes gens avant cet âge déterminé. Nous nous unîmes officiellement donc en 1981. Nous eûmes notre fils la même année. La tradition voulait que la procréation fût rapide pour éviter les moqueries extérieures. Un enfant qui se faisait trop attendre entraînait le doute sur la fertilité du couple. Les gens pouvaient alors évoquer des craintes quant à la lignée véritable de la descendance et la possibilité d'adoption émergeait dans les esprits. Ainsi, pour ne pas faire jaser, nous n'attendîmes pas.

Notre union fut une union libre, choisie et d'amour. Ce qui était assez rare à l'époque. Nous étions finalement deux grands romantiques et nous avons vécu une grande partie de notre vie commune dans cette passion. La dissolution de cet amour si fort s'est faite au fur et à mesure des années. C'est même peut-être son innocence qui en fut le principal ennemi. Aujourd'hui, il n'en reste que des miettes.

Et ces résidus d'amour, qui subsistent dans mon cœur, me retiennent contre ma volonté encore et toujours à lui.

Que nos camarades, dans les moments difficiles, ne perdent pas de vue nos succès, qu'ils discernent notre avenir lumineux et redoublent de courage.[15]

[15] *Le petit livre rouge, Citation de Mao Zedong*, 1964 chapitre XXI. *Compter sur ses propres forces et lutter avec endurance*, « Servir le peuple » (8 septembre 1944), Œuvres choisies de Mao Tsétoung, tome III.

CHAPITRE 9 下雪了 (Tombe la neige)

Tout le monde prétend que le climat change. C'est devenu courant dans le langage populaire. Or, il y a un phénomène très révélateur de cette transformation qui est lié à l'augmentation de la température dans les villes : l'absence de neige. En effet, la neige a pratiquement disparu du paysage urbain. Quand nous étions enfants, elle faisait partie de ces éléments naturels inéluctables de l'hiver. Il était inconcevable qu'il n'y eût pas de neige en cette saison.

Après la douceur tardive de l'automne, l'air s'asséchait durablement le temps des mois de novembre et décembre. Le vent glacial fouettait alors nos joues rougies. La terre se craquelait sous l'absence d'eau et le décor se teintait d'une couleur ocre identique aux troncs d'arbres en hibernation et au sol déshydraté. Les cours d'eau et la rivière se couvraient de leur nappe de glace brillante. Aux endroits où la pellicule demeurait assez fine, nous nous amusions à contempler les carpes rouge et blanc qui poursuivaient imperturbables leur nage tranquille. Il fallait faire attention à ne pas marcher sur ces plaques fragiles qui pouvaient céder à tout moment sous le poids de nos corps trop lourds pour elles. Là où la couche glacée était plus épaisse, les pêcheurs s'aventuraient et creusaient des trous pour y pêcher les poissons qui achevaient d'accomplir une existence paisible. Dans ces zones où la couverture gelée formait un plancher suffisant, certains d'entre nous s'amusaient à glisser, comme s'ils faisaient du patin. Nous devions être bien couverts pour affronter les températures négatives qui sévissaient alors. En journée, elles atteignaient difficilement les – 10 degrés. Nous étions vêtus très chaudement. Les grand-mères confectionnaient des bas de laine que nous portions à même la peau. Cela n'était pas très agréable. La laine épaisse et rêche piquait, grattait nos petites jambes nues et douces. Puis, par-dessus, nous avions des pantalons de coton doublés de fleur de coton. Nos jambes ressemblaient à des poteaux moelleux, ronds et douillets. À nos pieds, des chaussettes en laine se glissaient à l'intérieur de souliers de tissu doublés de fourrure de laine de mouton. En haut, caraco à fines bretelles, tricot de corps, pull de laine et veste pareillement doublée de fleur de coton nous permettaient d'être parés contre le froid. La panoplie se terminait par le port de bonnet et de gants tricotés à la main.

Le mois de décembre n'était pas le plus froid. Il fallait pour cela attendre janvier. C'est là que régulièrement tombait la neige. Cela se passait juste avant le Nouvel An. Le ciel se couvrait de gris pendant quelques jours. Le froid s'amplifiait. L'air qui passait dans nos narines gelait les parois nasales. Les petites joues rouges se violaçaient sous la violence piquante du gel qui pénétrait comme des aiguilles dans les pores de la chair infantile.

Ces souvenirs me transportent dans une période heureuse de mon enfance. Mon frère ne nous avait pas encore quittées. Mon père était encore au foyer. Nous étions excités par l'attente de la neige. Nous savions reconnaître les signes : le ciel blanchâtre, la lourdeur de l'air qui semblait avaler tous les sons pour ne laisser passer qu'un étouffement de bruits arrondis, et ce froid si pénétrant. Le soir, après une dure journée de travail, mon père, qui avait rentré le charbon, s'exclamait :

« À mon avis, il va neiger demain ! »

Et ça n'y coupait pas. Le lendemain, la neige atteignait la hauteur des fenêtres de la maison. Il nous était impossible d'ouvrir la porte. La couche blanche comme le lait montait jusqu'à près de soixante centimètres de haut. Mes parents poussaient la porte par petits à-coups afin de faire reculer tout doucement la barrière neigeuse. L'entrée percée, il fallait ensuite déblayer la zone devant la maison. On sortait les pelles ou toutes sortes d'outils permettant le déblaiement. Les balais étaient bien sûr réquisitionnés et nous contemplions gaiement les voisins s'adonner de bon matin à cette corvée. Lorsqu'on est jeune, on ne s'aperçoit pas du travail que rajoute la neige dans une journée déjà bien remplie.

Pour les enfants que nous étions, il n'était question que de beauté, de jeux et de joie. Nous avions l'impression que la neige absorbait toutes les odeurs nauséabondes des usines ou de la poussière de charbon qui flottait dans l'air. La ville était métamorphosée par ce costume d'argent qui recouvrait le monde. Ce monde qui semblait alors se teinter de magie et de merveilleux.

La neige est exceptionnelle pour ça. Son caractère éphémère et ponctuel, associé à la beauté de sa couleur si pure, si étincelante et si rayonnante, lui donne une symbolique particulière. Elle semble faire entrer la terre dans un monde autre. C'est comme si la neige était une de ces voies d'accès à un ailleurs imaginaire, comme si cette manifestation d'un possible différent survenait dans notre monde et se dévoilait à nous dans son immensité immaculée, de sorte à nous plonger dans la possibilité d'un rêve éveillé. C'est ce que font les enfants : dans leurs jeux, ils concrétisent des rêves qui deviennent des possibles de l'imaginaire. Et c'est ce que fait la neige : elle offre par la forme merveilleuse qu'elle donne alors au monde, un espace d'échappatoire possible pour nos esprits en recherche d'autres mondes. La neige change l'aspect du monde d'une façon telle qu'elle le magnifie et le rend plus beau. Et cette beauté est vectrice de possibles pour l'imaginaire qui se sent alors stimulé.

Quel bonheur ! Après avoir revêtu la fameuse panoplie d'hiver, nous courions et nous plongions tête la première dans le tas qu'avaient formé les adultes à la suite du balayage de la cour. Nous portions des parties entières à notre bouche et nous dégustions avec gourmandise cette poudre fraîche qui fondait à peine posée sur la langue. Puis la dégustation faisait place à la bataille de boules de neige. Nos gants de laine étaient rapidement trempés. Nous ne sentions pas le froid. Nous attrapions des paquets gelés à pleines mains pour confectionner les munitions nécessaires à la guerre que nous livrions contre le camp adverse. Nos mains devenaient écarlates à cause du froid, mais ce n'était pas un problème. Le jeu nous hypnotisait tant, que nous en oubliions toutes sensations. Le froid, la douleur, tous deux pires ennemis des pieds et des mains d'enfants, gelaient sans crainte les membres engourdis sans que certains s'en rendissent compte. Les chaussures n'étant pas étanches, beaucoup de petits camarades rentraient le soir avec des engelures aux pieds et des gerçures sur le dos des mains. C'était alors un concert de réprimandes qui se déroulait dans les foyers. Les enfants étaient bien moins l'objet des préoccupations des parents à cette époque, et il est vrai que nous jouions en toute liberté dans les rues autour de la maison. Cependant, et ce, parce que les soins médicaux étaient rudimentaires, les parents prenaient grand soin à ce que nous ne tombions pas malades. Tout ce qui pouvait se soigner à la maison était traité rapidement. Ce que les gens redoutaient à cette époque-là était les fièvres. Cela faisait peur et convoquait l'attention de tous. Autrement, ces petits « bobos » du quotidien ne préoccupaient en rien les parents qui râlaient juste de devoir passer un peu plus de temps à réparer les gants abîmés par l'eau gelée.

La neige s'installait ainsi pendant quelques semaines. Elle ne ralentissait rien. Les gens continuaient d'aller travailler, comme à leur habitude. Ils enfourchaient leur bicyclette, dévalaient les pentes dégagées par les autorités, et arrivaient à l'heure à leur poste. Nous allions à l'école, à pied, en traversant des allées bordées du matelas brillant dans lequel nous aurions aimé nous jeter. Néanmoins, le verglas, sournoisement, s'immisçait tranquillement dans les ruelles ombreuses, ce qui était un danger pour nous et surtout pour les personnes âgées. Il ne fallait pas glisser et cela demandait beaucoup d'habileté et de précaution dans les démarches. La vie continuait son cours sans que rien n'y changeât. La neige n'était rien d'autre qu'un phénomène climatique habituel. Attendue des enfants, elle apportait joie et bonheur. Prévue des adultes, elle ajoutait des tâches à un labeur déjà pénible. Mais rien de plus que la vie, à cette époque : difficile, simple, et humble.

Petit à petit, la fonte s'amorçait. Dans les recoins exposés à la lumière diffuse des versants nord, la neige tenait bon jusqu'à la mi-février. Pourtant, en général, lorsque la période du Nouvel An s'annonçait, la période neigeuse avait pris fin. Le soleil avait anéanti cette dame blanche en la transformant en eau boueuse et les fragrances printanières s'annonçaient subtilement dans les nuées crépusculaires.

En vue de conquérir leur liberté dans la nature, ils se servent des sciences de la nature pour l'étudier, la dompter et la transformer, et obtiendront leur liberté de la nature même.[16]

[16] *Le petit livre rouge, Citation de Mao Zedong*, 1964 chapitre XXII. *Méthodes de pensée et de travail*, Allocution à la cérémonie de la fondation de la Société d'Etudes sur les Sciences de la Nature de la Région frontière (5 février 1940).

CHAPITRE 10 春节 (Fête du printemps)

Je crois que pour les personnes de ma génération qui sont nées dans une grande ville, l'enfance est chargée de souvenirs heureux. Les enfants n'ont pas conscience des difficultés du temps, ils ne comprennent pas vraiment les forces en tension, le manque de nourriture, la pauvreté. Ils prennent le monde tel qu'il leur est offert et croient en lui comme en une religion sourde et muette. Ils pensent que tout ce qui leur arrive est normal, que leurs conditions de vie, leur famille, leur environnement sont une normalité, la normalité.

Nous n'avions jamais manqué de rien. Enfin, dans ce contexte de restrictions et de rationnements, nous n'avions jamais ressenti le manque de nourriture. Cela venait surtout de mes parents, puis plus tard, de ma mère, qui ne nous a jamais fait ressentir la moindre culpabilité, ni la moindre crainte d'un quelconque manque. Elle surveillait nos bols pour que nous ne gaspillions pas, et ce, jusqu'au moindre petit grain de riz. Cependant, elle ne nous a jamais fait remarquer les fins de mois difficiles, ni même ne serait-ce que l'idée des difficultés. Même pendant la famine de 1962 ! J'avais six ans. Alors que dans les campagnes, les enfants mangeaient des racines et des écorces d'arbre, nous n'avions pas faim. Nous n'étions pas défavorisés mais nombreux tout de même. J'appris plus tard, que mes parents ne se nourrissaient pas le soir pour que nous puissions manger à notre faim. Mais cela, enfant, je ne l'ai pas vu. Je n'ai assisté qu'à la vie normale, ou du moins, à ce qui me semblait être la vie normale.

Il y a une anecdote sur ma mère qui témoigne bien de cette force de vie et d'amour attentionné qu'elle avait pour nous. Dans cette région du nord, la consommation de poissons de mer n'était pas du tout répandue. Mis à part le sabre, très peu d'espèces arrivaient jusqu'ici. Lorsque les bateaux de pêche avaient livré leur chargement, tout le monde se ruait pour acquérir ce mets qui n'était disponible que par arrivage. Le sabre est un poisson très prisé aujourd'hui, mais à l'époque s'était la seule chose que nous avions. Sinon, il y avait aussi les poissons de rivière. En tout cas, toutes ces cargaisons étaient distribuées à des moments donnés et ne faisaient pas partie des biens courant de notre consommation quotidienne. Ainsi, en ce qui concerne la cuisine de ces animaux marins, les peuples de cette partie du pays ont un palais habitué aux goûts épicés et salés. Le poisson est généralement cuisiné à la façon dite *hongshao*, c'est-à-dire à la sauce brune de soja, qui donne au plat une couleur brunâtre proche de celle d'un vin rouge qui aurait cuit plusieurs heures. Pour réaliser ce plat, il faut tout d'abord faire revenir le poisson en entier dans l'huile bien chaude d'un wok, placé sur un feu très vif. En ce temps-là, nous n'avions droit qu'à une livre d'huile par foyer et par mois. C'était donc très rapidement que ma mère retournait le poisson dans le wok brûlant. Puis, elle ajoutait quelques morceaux de poireaux effilés, la sauce soja et de l'eau. Le plat mijotait à couvert, sur un feu réduit pendant un quart d'heure – vingt minutes. Elle disposait le poisson dans son entier sur une assiette ronde ce qui forçait la bête à se courber dans une torsion qui lui donnait la forme d'un anneau épais. Ensuite, elle nous distribuait à chacun un morceau avec le moins d'arêtes possible. Elle se réservait la tête. Il est important de souligner que ces poissons ne dépassaient pas les trente-cinq centimètres pour les plus gros. La tête constituait une maigre portion de protéines. Nous avons cru pendant des années que notre mère raffolait des têtes de poissons. Elle se servait toujours en dernier et semblait se réjouir de ce morceau de choix ! Un jour, alors que nous étions toutes mariées, nous nous retrouvâmes réunies dans l'appartement de ma mère, autour d'un repas de famille. Ma deuxième sœur cadette, qui avait fait du poisson, donna automatiquement la tête à ma mère qui la refusa. À notre surprise générale, elle demanda un morceau bien moelleux de chair blanche. Ma sœur interrogea :

« Tu ne veux pas la tête ? Je croyais que c'était ton morceau préféré ? »

Ma mère nous regarda toutes les unes après les autres. Elle remonta le coin de ses lèvres en un sourire qui exprimait une consternation attendrie – comme celle qu'ont les mères devant les bêtises touchantes de leurs enfants :

« Mais bécasse ! Je n'ai jamais aimé manger les têtes de poissons ! Après vous avoir nourri, je prenais ce qui restait ! »

Nous éclatâmes toutes de rire en constatant notre crédulité naïve. Notre insouciance nous avait trompées sur la réalité. Si nous n'avions jamais souffert, ni ressenti le manque, ni même le besoin, c'était grâce à elle. Toujours, là, pour nous, elle nous avait voué sa vie. Ce jour-là, ma mère gagna encore un grade sur l'échelle des reconnaissances héroïques que nous lui attribuons en secret toutes les quatre.

Après la libération, le Parti communiste instaura un système de rationnement de l'alimentation et des biens courants selon un partage par habitant. Les marchés avaient été remplacés par des stands d'approvisionnements, tenus par des fonctionnaires. Les produits d'utilisation quotidienne furent limités au mois. Nous avions un carnet sur lequel les vendeurs d'état inscrivaient la quantité achetée. Nous avions droit à une livre d'œufs par personne et par mois. Il était possible de ne pas consommer la part mensuelle afin de l'accumuler avec celle du mois suivant. Cela permettait de préparer les banquets de mariage, qui, bien que simplifiés dans la forme, devaient tout de même constituer une fête. L'entraide était de mise : les familles qui avaient beaucoup de garçons adolescents, se retrouvaient en manque de nourriture ; il était alors possible d'emprunter aux voisins et aux connaissances des parts de rationnement de riz, ou de farine. Étrangement, même si tout le monde n'avait accès qu'à la même quantité de nourriture, qu'aux mêmes produits, aux mêmes chances, il y avait des gens dans une plus grande pauvreté que les autres. Les familles avec beaucoup d'enfants garçons étaient certainement endettées du fait des rations insuffisantes pour les nourrir. Les grands gaillards de dix-sept ans qui travaillaient à l'usine avaient faim en rentrant le soir. Certes, ils rapportaient un salaire à leurs parents, mais les portions étaient les mêmes pour tous. Le travail physique nécessitait des panses bien remplies, et les rations de riz étaient souvent insuffisantes pour ces familles. Après la mort de mon frère, nous étions quatre filles. Aucune de nous n'effectuait de travaux pénibles. Le riz était parfois en excès chez nous. Ma mère l'échangeait contre des portions de sucre qui étaient également très limitées. Il y avait encore des produits vendus par l'Etat, mais qui ne nécessitaient pas de tickets. Il fallait, pour les acquérir, utiliser l'argent gagné à l'usine tous les mois. C'était le cas des vêtements, du tissu ou encore des meubles.

Le gouvernement subvenait aux besoins de première nécessité. En contrôlant ainsi les rations, il pouvait y avoir à manger pour la plupart d'entre nous, bien que parfois, les quantités aient paru à certains trop modestes. L'état savait tout de même remplir son devoir en tenant compte des fêtes traditionnelles. Pour les célébrations de la Fête du Printemps, certains produits apparaissaient dans les stands tandis que d'autres voyaient leur quantité d'accessions augmenter. C'était une période attendue de tous, et surtout des enfants. La joie emplissait nos cœurs qui trépignaient d'impatience dès le milieu du mois de janvier. Comme la tradition l'exigeait, ma mère nous confectionnait des habits neufs. Mes sœurs, qui en général devaient se contenter de mes vêtements d'une année sur l'autre, accueillaient cette tradition avec beaucoup de bonheur. Elles avaient cette seule et unique occasion dans l'année d'acquérir un vêtement neuf, jamais porté auparavant.

La semaine précédant la fête, ma mère s'occupait d'acheter les ingrédients dont elle avait besoin pour réaliser le repas du dernier soir de l'année. Elle rapportait du bœuf en morceaux et aussi haché, de la farine de blé, de riz, du sucre, des graines de tournesol, de la pâte de sésame. Toutes ces choses qui représentaient des denrées rares et exceptionnelles. Elle préparait du bœuf et du poisson à la sauce *hongshao*, du chou sauté, des cacahuètes grillées, des gâteaux de riz gluant, et surtout ce que nous attendions avec le plus d'excitation, les raviolis. Aujourd'hui, nous en mangeons autant de fois que nous voulons. Achetés dans des restaurants, à emporter ou surgelés, les raviolis sont devenus un plat très banal et très commun. Dans ces années soixante, la viande était tellement rare et prisée, que les gens s'en servaient avec grande économie juste pour assaisonner les plats de légumes sautés. Les morceaux étaient détaillés de manière à donner l'impression de l'omniprésence de cette viande au milieu des feuilles de chou. Pour les raviolis, il faut une grande quantité de viande pour composer la farce qui alterne néanmoins avec la présence de légumes. C'est pour cette raison que nous ne dégustions que très rarement des raviolis et qu'ils représentaient pour nous l'opulence de la nouvelle année.

Ce jour-là, ma mère était autorisée à quitter le travail plus tôt. Elle était une femme, et en cela le gouvernement lui reconnaissait la responsabilité du repas du soir. Elle rentrait donc à la maison vers dix-sept heures et commençait à se mettre au travail. Nous étions là pour laver les légumes, préparer la table. Mais elle n'aimait pas trop nous voir traîner autour d'elle lorsqu'elle faisait la cuisine. Nous mangions plus tard que d'ordinaire. Avant de commencer à déguster les mets délicieux qu'elle avait préparés, nous lancions quelques pétards afin d'éloigner une première fois les mauvais esprits de l'année nouvelle qui s'annonçait. Le repas s'éternisait jusqu'à huit heures, puis nous passions le temps jusqu'à dix heures où une deuxième série de pétards, feux d'artifice faisait rage. Nous sortions avec mon frère, et nous allumions les gros bâtons rouges qui pétaradaient, lâchant leur fumée blanche de poudre explosive. Le concert de choc retentissait dans la cour et les ruelles alentour. Tout le monde était dehors. Tout le monde riait. Ces souvenirs, qui remontent à ma mémoire, sont véritablement ceux de la joie et du bonheur. Ensuite, c'était l'heure de réaliser les raviolis. Tous ensemble nous nous attablions autour de la table carrée qui trônait majestueusement au milieu de la pièce. Ma mère malaxait la pâte, faisait des petites boules qu'elle enveloppait de farine puis qu'elle étalait de sorte à former des cercles bien plats de six ou sept centimètres de diamètre. Alors, elle nous apprenait à mettre la farce au centre, à refermer les bords latéraux, plier la pâte sur le dessus afin de créer l'effet de dentelure si délicate. Elle ne se fâchait pas lorsqu'ils étaient ratés. Par contre elle nous répétait :

« Il faut bien fermer les bords. Ce n'est pas grave s'ils ne sont pas beaux ! Ce qui compte, c'est qu'ils soient bien fermés pour qu'ils ne s'ouvrent pas à la cuisson ! »

À minuit, tout était prêt. Elle plongeait une partie des raviolis dans l'eau bouillante, et assurait ainsi un service répété pour chaque série de cuissons. Nous dévorions avec avidité nos productions difformes. Là encore, notre mère attendait que nous soyons bien repus pour commencer à goûter le premier des plats de cette nouvelle année. Enfin, nos petits ventres tendus, nous allions nous coucher, fatigués par l'heure tardive.

La journée de notre mère était loin d'être terminée. Pendant que nous sombrions dans un sommeil profond, elle rangeait, nettoyait, préparait la maison pour les visites du lendemain. Au petit matin, elle nous faisait lever assez tôt. Nous nous préparions, et nous revêtions nos nouveaux vêtements. Une poignée de pétards dans une poche, une autre poignée de graines de tournesol dans la seconde, nous courions directement dehors rejoindre la foule de marmots qui jouaient dans la ruelle. Nous habitions tous à proximité. Les cousins et cousines liés à la famille de mon père nous rejoignaient. Les garçons s'amusaient à effrayer les petites filles peureuses en lançant des pétards à leurs pieds. J'étais assez téméraire à l'époque et je les imitais trouvant le jeu à mon goût. Nous portions déjà des chaussures en tissu à bride. Les chaussettes blanches qui contrastaient avec la petite lanière noire que la boucle dorée rattachait au pied, étaient toutes marron en fin de journée. La terre était encore très sèche et la poussière couvrait le sol en abondance. Nos jeux envahissaient nos esprits et nous ne faisions plus attention à notre tenue endimanchée. À la fin de la matinée, lorsque les mères appelaient leurs petits pour le repas, nous étions une bande de petits enfants sales, des pieds à la tête. Notre mère nous grondait pour ne pas avoir pris suffisamment soin de nos tenues. Nous restions tranquilles l'après-midi et subissions, le soir approchant, son célèbre coup de main de repoussoir de crasse. Nous nous endormions heureux et sereins.

Le deuxième jour de la nouvelle année, la tradition voulait que nous nous rendions dans la famille de notre mère. Nous allions donc rendre visite à nos grands-parents, ainsi qu'à la sœur de notre mère qui avait elle aussi cinq enfants, un grand fils et quatre filles. Ma grand-mère nous distribuait des étrennes dans des petites enveloppes rouges qu'elle fabriquait elle-même. Quel plaisir de recevoir ces quelques centimes qui nous permettaient d'acheter une portion supplémentaire de graines de tournesol ! Notre mère conservait toujours le sourire, malgré les périodes difficiles qu'elle traversa. Ma grand-mère ne fut mise au courant du départ de mon père qu'à la mort de mon frère, cinq après leur divorce. Notre mère n'a jamais laissé paraître un soupçon de malaise, ni de mal-être. Elle prétextait des déplacements pour excuser les absences de mon père, et ces affirmations n'étaient pas remises en cause. C'était un temps où les personnes s'introduisaient beaucoup moins dans l'intimité des autres. Certes, la promiscuité réduisait certaines formes d'intimité et les commérages allaient bon train. Néanmoins, on ne vous posait pas autant de questions qu'aujourd'hui et on respectait une certaine distance quant à la délivrance d'informations intimes. C'est pour cette raison que mes grands-parents ne se sont pas doutés du divorce de mes parents. Ce qui fut une bonne chose pour eux. Cela évita des crises de nerfs, du souci et des haines inutiles.

Étrangement, chaque souvenir heureux se teinte de mélancolie.

Le temps a édulcoré les douleurs, mais la mémoire les ravive malgré les joies qui ont pourtant ponctué ma vie. Je ne peux m'empêcher d'entendre en cette période d'insouciance résonner l'écho de la naïveté et de la candeur qui inondaient nos vies.

Nous étions la jeunesse d'un pays, l'avenir d'un programme idéologique et en cela, nous représentions la matière première de la construction d'un futur révolutionnaire et nouveau. Nous étions l'espoir d'une grande nation en quête de sa puissance d'antan, volée par les diables étrangers. Nous étions la force de cet Etat en reconstruction.

Nous sommes devenus aujourd'hui la génération des sacrifiés.

Parmi les caractéristiques de la Chine et de ses 600 millions d'habitants, une des plus frappantes est la pauvreté et le dénuement.

Choses mauvaises en apparence, bonnes en réalité. La pauvreté pousse au changement, à l'action, à la révolution.

Une feuille blanche offre toutes les possibilités ; on peut y écrire ou y dessiner ce qu'il y a de plus nouveau et de plus beau.[17]

---

[17] *Le petit livre rouge, Citation de Mao Zedong*, 1964 chapitre III. *Le socialisme et le communisme*, « Présentation d'une coopérative » (15 avril 1958).

CHAPITRE 11 流星 *(Tendances)*

Je suis née dans une décennie d'impuissance et de peine. La reconstruction du pays était prioritaire sur le confort de la population. Les idéologies nous ont bercés en formant nos cerveaux à une pensée pragmatique. L'ornementation et la beauté futile et artificielle de l'art nous furent interdites. L'état décidait de ce que nous mangions, regardions, écoutions, étudiions, pensions et aimions. Nous n'en souffrions pas le moins du monde. C'était pour nous normal. Une évidence. Nous n'avions rien connu d'autre auparavant. Cela avait toujours été ainsi. Le monde avait toujours été ainsi pour nous et il nous était impossible d'imaginer qu'il en fût autrement.

Notre alimentation dépendait des arrivages des différentes nourritures produites en une saison donnée. En hiver, les gens achetaient les choux par centaines de kilos qu'ils stockaient sous abri dans les cours de sorte que les légumes fussent ainsi conservés par le froid. Ils devaient juste faire attention à ce qu'ils ne gelassent pas. Pour cela, il fallait recouvrir le tas d'une couette bien épaisse. Ensuite, au moment de la consommation, il suffisait d'enlever les premières feuilles décrépies pour trouver à l'intérieur le cœur toujours aussi craquant et frais. Plus on avançait dans l'hiver et plus les choux se faisaient maigres, étant donnée la plus grande quantité de feuilles abîmées à éliminer. Néanmoins, cela permettait de nourrir une famille durant l'ensemble de la saison glaciale alors que rien d'autre n'était consommable. Certes, il y avait des pommes de terre, des oignons et quelques carottes en début de saison, mais la variété des légumes dépendait essentiellement de la nature, qui, dans ces régions sèches et gelées de novembre à mars, était peu propice à l'épanouissement des végétaux. Nous suivions donc les périodes d'approvisionnement avec grand intérêt, car elles représentaient un renouvellement du contenu de nos bols.

Paradoxalement, c'est dans ce contexte de régulation incessante que nous pouvions jouir du bonheur de nous régaler d'énormes crabes pêchés en mer. En vivant non loin de la côte, nous pouvions alors bénéficier plus aisément des produits de la mer : crabes, crevettes, squilles, sabres. Il fallait faire vite ! Lorsque la cargaison débarquait sa livraison, tout le monde se ruait vers le point de vente – car ce genre de produit était soumis à la vente et non au système des tickets de rationnement. Mais le prix était dérisoire, même pour l'époque. Il fallait être parmi les premiers pour espérer repartir avec son lot de crustacés. Le chargement épuisé, l'opportunité était révolue. C'est ainsi que nous profitions donc de ces denrées si prisées de nos jours. Les crabes étaient les plus impressionnants. Aujourd'hui, vous n'en verrez pas de pareils sur les marchés. Ils étaient si gros, que lorsque ma mère en vidait un, elle remplissait un bol plein de cette chair blanche et goûteuse. C'était un vrai régal.

En cela, la saison estivale était la meilleure. Les produits semblaient venir en abondance : tomates, courgettes, concombres. Tout nous paraissait si bon. Nous mangions même les aubergines crues, comme des fruits moelleux qui nous semblaient alors sucrés. Et puis les fruits, les vrais fruits débarquaient sur les étals des stands : un ravissement pour nos palais en manque de douceur. Les énormes pastèques à la peau noire étaient attendues dans les foyers comme le rafraîchissement par excellence. Nous les coupions en quartiers, les dévorions comme des petits écureuils rognant une noix sèche, tout en conservant dans la cavité de nos joues les pépins. Nous ressemblions réellement à ces rongeurs qui gardent dans leurs bas-joues leur nourriture avant de l'ingurgiter. Ensuite, nous nous placions en ligne, et nous concourions pour voir lequel d'entre nous pouvait cracher ses pépins le plus loin possible. Mon frère gagnait à tous les coups ! Et puis, il y avait les fraises qui étaient toutes petites, savoureuses et gorgées de sucre. Les pêches charnues et juteuses. En l'absence de sucreries, les fruits faisaient office de friandises.

Cette façon extrêmement contrôlée suivait donc le cours naturel de floraison et de culture des végétaux. Nous avions peu. Or, les systèmes d'exploitation des sols, de pêche et d'élevage étaient encore très primaires, voire archaïques. Le pays commençait à peine sa phase de modernisation de l'agriculture et les méthodes utilisées étaient encore relativement dépassées. Cependant, nous étions habitués à si peu que nos désirs se trouvaient facilement comblés par ces plaisirs savoureux. Nous nous réjouissions de ce que nous offrait l'Etat comme un don providentiel.

Adolescente, j'aimais beaucoup coudre et réaliser des ouvrages. J'ai appris toute seule, en regardant simplement les femmes autour de moi. Je pouvais passer des heures à coudre à la main des vêtements de poupée. Il m'arrivait de découper des morceaux de tissu dans les étoffes qui étaient réservées à la confection du linge de maison. Ma mère achetait régulièrement du tissu qu'elle conservait dans l'armoire. J'en tirais un morceau et clac ! Une coupe bien franche dans le rouleau de coton laissait une béance géométrique en plein milieu d'un lé. Lorsque ma mère s'en apercevait, elle criait, me grondait violemment pour avoir gaspillé le matériau qui devait servir à nous confectionner de nouveaux draps :

« Mais tu ne te rends pas compte ! Tout ça pour faire des vêtements de poupée ! »

Cela était loin de fonctionner ! Je recommençais à chaque fois ! C'était, avec la lecture, mon seul loisir. Je m'y adonnais avec entrain si bien que rapidement, je fus capable de confectionner des vêtements pour mes sœurs. Jupes, chandails, chemisiers, robes. Je n'avais aucune limite. Il me suffisait de regarder comment s'organisaient les coutures d'un vêtement, pour être capable de le reproduire. Cependant, ce n'est qu'après 1976, que mon instinct créatif put réellement s'exprimer. Avant cela, le particularisme et l'originalité devaient se faire discrets, et ce n'est que par touches diffuses et dissimulées que la personnalité de chacun trouvaient des supports d'expression.

Pendant les années noires, quelconque distinction de style ou de coquetterie était profondément réprimée. Cependant, nous étions adolescentes, insouciantes et très gaies. Nous trouvions dans l'uniformité des moyens de nous démarquer, de créer du style et des courants de mode. Nous devions porter nos cheveux courts ou tressés en nattes. Nous n'avions pas le droit de laisser pousser nos cheveux très longs, c'est pourquoi les tresses atteignaient tout juste le niveau des omoplates. De chaque côté de mon visage joufflu, pendaient donc deux grosses nattes que j'avais pour habitude de ramener sur le devant des épaules, juste au-dessus de la poitrine. J'arborais le costume de l'Armée populaire de la libération, vert kaki, mais je le portais comme un garçon : la veste bien large, la taille bien marquée par le gros ceinturon de cuir, et le pantalon flottant. Le concept, pour être « cool », consistait pour les filles à porter l'uniforme un peu trop grand, ce qui avec les cheveux tressés, contrastait par rapport à l'allure générale de la tenue et en accentuait – et ce, de manière contradictoire – la féminité. Pour les chaussures, les filles portaient des souliers de coton noir à bride. Quant à moi, je me chaussais avec des souliers en toile de coton de garçon, ce qui agrémentait ma tenue d'un caractère encore plus

« branché ». L'hiver, nous portions également des masques, comme ceux dont on se sert aujourd'hui pour se protéger de la pollution. Nous les fabriquions nous-même et là encore, ces petits accessoires qui remplissaient la fonction de cache-nez, devenaient des accessoires de mode. À la fonction utilitaire se substituait une nouvelle fonction esthétique. Les variations pouvaient se concentrer sur la forme des lanières en doubles brides de coton reliées soit derrière les oreilles, soit directement derrière la tête. Nous nous amusions également à broder des piqûres en motifs géométriques sur le devant, ou encore des motifs floraux. En général de coton blanc, il arrivait que j'utilisasse des chutes de tissu imprimé sur la face interne. Parfois encore, je récupérais un tissu rose ou bleu pâle, pour réaliser la face visible du masque. C'était très osé ! Or, il suffisait juste de ne pas se faire trop remarquer. La période critique et très violente était passée. L'omniprésence des contrôles, de la propagande et des restrictions en tous genres se poursuivait, mais les grands mouvements d'agressions de la jeunesse contre leurs aînés réactionnaires s'étaient édulcorés. Tout le monde avait été plus ou moins mis au pas et ces jeunes gens fougueux aux idéaux aveuglants, avaient pour la plupart, été envoyés dans les campagnes pour aider au développement et à la modernisation agricole. Nos petites excentricités étaient donc ainsi tolérées sans que nous soyons inquiétés par de quelconques représailles. Elles représentaient pour nous des libertés, des sas d'indépendance où nos individualités s'affirmaient sans craindre d'être étouffées.

Après 1976, ce fut une époque de grand bouleversement. Politiquement, socialement, artistiquement, le pays était en pleine mutation. Un souffle de renouveau, d'espoir et de grande liberté ravageait le continent.

C'est durant ces années marquées par l'empreinte du changement, que je tombai amoureuse de mon mari. À cette époque, l'âge minimum du mariage pour les jeunes filles était de 25 ans. Cela permettait à la fois de protéger les femmes contre des mariages précoces, mais cela permettait également de conserver un nombre important d'ouvrières en pleine vigueur de leur jeunesse, avant qu'elles ne commençassent à enfanter. Par conséquent, nous attendîmes 1981 pour nous marier. Ma mère confectionna mon trousseau qui se composait essentiellement de linge de maison, d'ustensiles de cuisine, et de tissus. Elle me fit faire un manteau tout neuf pour l'hiver. Nous partîmes dès le matin et nous prîmes l'autobus pour nous rendre dans le quartier de Heping. La boutique n'était pas très grande. À l'intérieur, des piles de rouleaux aplatis de tissus s'amoncelaient de toutes parts. Nous commençâmes par contempler les étoffes : des couleurs brunes, bleues, vertes, noires uniquement. L'époque n'était pas encore prête à accueillir les teintes vives de la décennie qui allait suivre. Nous touchions l'épaisseur, la qualité des mélanges de fibres, leur capacité à conserver la chaleur. Puis, nous contemplions les différentes garnitures ouatées et moelleuses qui constituaient le cœur des vêtements d'hiver. Je devais choisir un manteau en laine, mais doublé de fleur de coton. Je finis par me décider sur un bleu sombre teinté des reflets obscurs de la nuit. Le tissu était épais et lourd. Il remplirait à merveille sa fonction protectrice contre le froid. La vendeuse prit mes mesures. J'étais âgée de 25 ans et extrêmement maigre. Or, ma mère insista pour que le manteau soit bien grand et bien large. Elle me conseilla de le faire deux tailles plus grandes que nécessaires :

« Tu vas te marier et tu risques de tomber enceinte rapidement. Il faudra que tu puisses rentrer dedans à ce moment-là ! Et puis, après, quand tu vas vieillir, tu vas t'élargir, prendre du poids. Tu seras bien contente de l'avoir fait un peu plus grand pour ne pas être serrée dedans ! »

En 1981, nous ne soupçonnions pas le moins du monde les changements qui pourtant s'amorçaient doucement. Pour ma mère, ce manteau représentait un investissement à vie. Il fallait pour cela qu'il soit le plus fonctionnel possible en ayant la capacité de s'adapter à toutes les métamorphoses physiques que mon corps pourrait subir à l'avenir.

À la livraison du manteau, je l'essayai immédiatement. Mon petit corps frêle et fragile semblait perdu au milieu d'une coquille de laine géante. Je ressemblais à un bernard-l'ermite qui aurait revêtu une carapace de tortue. Toutefois, je le portai un ou deux hivers. Très vite, l'ouverture économique nous permit un enrichissement relatif. Les magasins ouvrirent dans les quartiers commerciaux. Les marchés libres animaient les rues en début et fin de journée. Et les jours de repos, les nouvelles petites familles à l'enfant unique, dévalaient les allées et promenades au bord desquelles se dressaient des grands magasins de plus en plus nombreux. La véritable mode, celle du capitalisme arriva très vite dans nos foyers. Nous écoutions les chansons d'amour de la Taïwanaise Deng Lijun, et nous faisions des permanentes pour ornementer nos lourds cheveux noirs de boucles ondulées. Les jeans à pattes d'éléphant couvraient nos jambes à l'automne alors que les jupes légères et volantes raccourcissaient au fur et à mesure de la décennie. Le manteau de laine confectionné quelques années plus tôt, se recroquevilla dans le fond d'un placard. Sa résistance solide, conçue pour affronter toutes les épreuves d'une vie, fut rapidement vaine et obsolète.

Durant ces années 80, les manteaux se succédèrent les uns après les autres dans mon placard, suivant le cours des modes annuelles.

Je ne me suis jamais résignée à me débarrasser de ce manteau. Symbole d'une époque révolue, il occupe encore une place inutile dans un coin d'armoire. Pourtant, en le gardant toujours présent à mes côtés, il restera jusqu'à la fin de mon histoire, le stigmate d'une ère disparue, la mémoire d'un temps où personne ne pouvait échapper à l'influence de l'Histoire.

En tout lieu, nous devons faire le meilleur usage de nos ressources humaines et matérielles ; nous ne devons en aucun cas penser seulement au moment présent et nous laisser aller à la prodigalité et au gaspillage.

Partout où nous nous trouverons, il faudra, dès la première année, établir nos calculs en fonction de nombreuses années à venir, en tenant compte de la longue guerre que nous avons à soutenir, de la contre-offensive qui interviendra, ainsi que du travail de reconstruction après l'expulsion de l'ennemi.

Gardons-nous de la prodigalité et du gaspillage, tout en développant activement la production.

Dans le passé, certaines régions ont payé très cher pour avoir manqué de prévoyance, pour avoir négligé d'économiser les ressources humaines et matérielles et de développer la production.

La leçon est là et elle doit retenir notre attention.[18]

---

[18] *Le petit livre rouge, Citation de Mao Zedong*, 1964 chapitre XX., *Apprendre le travail économique* (10 janvier 1945), Œuvres choisies de Mao Tsétoung, tome III.

Table des matières

Structures éditoriales du groupe L'Harmattan

L'Harmattan Italie
Via degli Artisti, 15
10124 Torino
harmattan.italia@gmail.com

L'Harmattan Hongrie
Kossuth l. u. 14-16.
1053 Budapest
harmattan@harmattan.hu

L'Harmattan Sénégal
10 VDN en face Mermoz
BP 45034 Dakar-Fann
senharmattan@gmail.com

L'Harmattan Cameroun
TSINGA/FECAFOOT
BP 11486 Yaoundé
inkoukam@gmail.com

L'Harmattan Burkina Faso
Achille Somé – tengnule@hotmail.fr

L'Harmattan Guinée
Almamya, rue KA 028 OKB Agency
BP 3470 Conakry
harmattanguinee@yahoo.fr

L'Harmattan RDC
185, avenue Nyangwe
Commune de Lingwala – Kinshasa
matangilamusadila@yahoo.fr

L'Harmattan Congo
67, boulevard Denis-Sassou-N'Guesso
BP 2874 Brazzaville
harmattan.congo@yahoo.fr

L'Harmattan Mali
ACI 2000 - Immeuble Mgr Jean Marie Cisse
Bureau 10
BP 145 Bamako-Mali
mali@harmattan.fr

L'Harmattan Togo
Djidjole – Lomé
Maison Amela
face EPP BATOME
ddamela@aol.com

L'Harmattan Côte d'Ivoire
Résidence Karl – Cité des Arts
Abidjan-Cocody
03 BP 1588 Abidjan
espace_harmattan.ci@hotmail.fr

Nos librairies en France

Librairie internationale
16, rue des Écoles
75005 Paris
librairie.internationale@harmattan.fr
01 40 46 79 11
www.librairieharmattan.com

Librairie des savoirs
21, rue des Écoles
75005 Paris
librairie.sh@harmattan.fr
01 46 34 13 71
www.librairieharmattansh.com

Librairie Le Lucernaire
53, rue Notre-Dame-des-Champs
75006 Paris
librairie@lucernaire.fr
01 42 22 67 13

www.ingramcontent.com/pod-product-compliance
Lightning Source LLC
LaVergne TN
LVHW010432230826
846092LV00009BA/1140
* 9 7 8 2 3 4 3 2 1 1 1 8 3 *